AW

„Adelhard Winzers Skizzen benötigen nur wenige Sätze und Zeilen, um eine besondere Atmosphäre einzufangen, über ein Empfinden Auskunft zu geben, ein Erlebnis zu schildern oder einer früheren Kränkung nachzuspüren. Die Reflexionen aus einem an Erfahrungen überreichen Leben schwingen zwischen den Themen Sprachlosigkeit und Geschwätzigkeit, Einsamkeit und Geselligkeit, Zweifel und Gewissheit. Zudem erweist sich Winzer als genauer Beobachter menschlicher Schwächen, der eigenen genauso wie denen der anderen. Über allem weht ein Hauch von Melancholie, vermischt mit italienischer Leichtigkeit."
Isa Schikorsky

Adelhard Winzer, geboren in Karlshuld/Bayern, verbrachte die ersten Kinderjahre auf dem Bauernhof seines Onkels, Mitbegründer verschiedener Bands, Reisen durch Europa, Kinderbuchveröffentlichung „Andreas", Georg Lentz Verlag, München, Bankangestellter, Bankkaufmann, intensive Schreib- und Zeichentätigkeit, Ausstellungen in Neuburg an der Donau, München und Umgebung, zwei Stücke im Cantus Theaterverlag, Eschach: „Krethi und Plethi" – „Das Korkenspiel", weitere Buchveröffentlichungen: „Die Sprachgrenze" – „Hundert Zeichnungen" – „Lügengeschichten" – „Stockholm Blues" – „33 Computer-Zeichnungen" – „Andreas (Reprint)" – „Grundsätze über die Kunst" – „Venedig, von hier aus" – „Der Pensionist", Books on Demand, Norderstedt, lebt im Chiemgau.

ADELHARD
WINZER
ITALIENISCHE
SKIZZEN
Prosa

Bibliografische Information der
Deutschen Nationalbibliothek: Die Deutsche
Nationalbibliothek verzeichnet diese Publikation
in der Deutschen Nationalbibliografie. Detaillierte
bibliografische Daten sind im Internet über
http://dnb.dnb.de abrufbar.

Herstellung und Verlag:
BoD – Books on Demand, Norderstedt
Umschlagzeichnung: Adelhard Winzer
Copyright des Zitates: Michelangelo Antonioni,
Chronik einer Liebe, die es nie gab. Erzählungen.
Aus dem Italienischen von Sigrid Vagt
© 1995, 2012 Verlag Klaus Wagenbach, Berlin

ISBN 978-3-750403208

ITALIENISCHE SKIZZEN

*„Ich glaube, daß die Vernunft
allein nicht imstande ist,
die Wirklichkeit zu erklären."*

Michelangelo Antonioni

Er war angekommen. Das Haus stand in einer Senke. Gespräche im Garten, die er nicht verstanden hatte, erinnerten ihn an eine Zeit, als die Arbeit noch Arbeit war. Heute heißt es Digitalisierung. Was auf der Straße geschieht, sieht man erst, wenn man unterwegs ist. Die Hunde in der Hütte wissen nichts davon.

Kaum war er eingeschlafen, wurde er von Stimmen geweckt. Er stand auf und öffnete die Tür. Doch es war niemand zu sehen. Nur ein schmatzendes Geräusch (ähnlich dem Mischen von Spielkarten) war zu hören. Mehrmaliges Klopfen auf den Tisch. Er hatte sich nicht getäuscht, zwei Männer, getrennt durch einen provisorischen Sichtschutz, saßen auf der gegenüberliegenden Seite der Terrasse und spielten Karten. Er grüßte sie, und sie grüßten zurück.

Er setzte sich an den Tisch, der neben dem Eingang stand. Zwei Hunde kamen auf ihn zu. Er streichelte sie, wischte sich die Hände am Tischtuch ab. Große Vögel flogen über den Hof und verschwanden in den Sträuchern. Unter ihnen ein Wiedehopf. Sein Lockruf klang wie das Klappern von Pferdehufen auf Pflastersteinen.

Eine Elster flog über den Hof. Die Männer hörten zu spielen auf. Sie wechselten noch ein paar Worte, die sich mit dem Gesang eines Wasservogels vermischten, standen auf und gingen ins Haus. Die Hunde streckten ihre Köpfe. Eine Taube flog über das Dach des Nebengebäudes.

Der Knall eines Überschallflugzeugs erschreckte ihn. Die Vögel in den Sträuchern begannen zu schreien. Der Wind fuhr unter das Tischtuch und ließ es wieder fallen. Weiter oben im Ort fingen die Kirchenglocken zu läuten an. Eine Ameise kroch über seinen Fuß. Er betrachtete die Sträucher am Gartenzaun, wusste aber nicht, wie sie heißen.

Er durfte jetzt nicht aufhören zu schreiben, auch wenn ihn der Hausherr nach seinen Documenti fragte. Er hatte den Ausweis neben sich auf den Tisch gelegt. Er wusste, dass er ihn herzeigen musste. Er hörte erst zu schreiben auf, als der Hausherr vor ihm stand.

Die Hunde knurrten im Hof, fingen zu bellen an. Ein Hund aus der Umgebung gesellte sich zu ihnen. Der Hausherr hob seinen Arm und rief: Furia! Die Hunde im Hof spreizten ihre Vorderbeine. Im Garten fing ein Gockel zu krähen an.

Lautloses Wetterleuchten am Horizont, während ein Wagen den Berg herunterraste, eine Fehlzündung nach der andern.

Er will morgen um sieben Uhr losmarschieren, wenn sich der Wind noch in den Bäumen aufhält. Kurz vor Mittag in der Hotelbar vorbeischauen. Doch er weiß nicht, was er morgen wirklich machen wird.

Er sucht seine kurze Hose, findet sie

nicht. Und die Tasche mit dem Wecker? Der Wohnungsschlüssel?

Er kennt ein paar Leute hier im Ort, die ihn verstehen, obwohl er nicht ihre Sprache spricht. Er denkt an sie, während er den Aussichtsturm emporsteigt, um den Sonnenuntergang zu betrachten.

Auf dem Übersetzungsgerät des Hausherrn erscheint das gesprochene Wort. Aber er weiß nicht, ob es stimmt. Während das Telefon läutet, kommt ein Postauto die Senke herunter. Die Hunde knurren, fangen zu bellen an. Er will ihnen aus dem Weg gehen und wird beinahe überfahren.

Die Badegäste liegen gelangweilt am Strand. Wind kommt auf. Am Horizont schwarze Wolken. Möwen ordnen sich auf den Wellenbrechern. Ein Mann allein an der Strandbar.

Er fällt in ein Loch, aus dem er nicht mehr herauskommt. Er weiß nicht warum. Ist es nicht schön hier? Der Strand? Und das Meer? Gefällt es ihm nicht?

Er sucht das Wort Postkarten im Wörterbuch und denkt an Ansichtskarten. Die Hunde laufen auf ihn zu. Er verscheucht sie. Er will die Sprache beherrschen, sich nicht rumschlagen mit dem Wörterbuch!

War das Lächeln des Mädchens an der Rezeption nicht ehrlich? Hat sie ihn nicht freundlich begrüßt?

Er wollte ein Weinglas, kein Wasserglas. Ein Bierglas, keinen Zahnputzbecher. Er versuchte Witze zu machen, doch es gelang ihm nicht. Er hatte sich zu Hause einen Sprachkurs bestellt, kam aber nicht zurecht damit.

Der Mann an der Tankstelle sagte: Das Leben ist kein Spaziergang. Es gibt Menschen, die leben von der Fürsorge, vom Sozialamt. Manche bloß von der Hand in den Mund. Und Sie beschweren sich?

Eine Frau saß neben ihm am Strand. Er beobachtete sie aus dem Augenwinkel. Beobachte nur weiter, dass du was lernst! Der Wind hat ihr das Badetuch weggeweht. Willst du es ihr nicht holen?

Er hat einen Anruf erhalten, ist aber nicht aufgestanden. Was hinderte ihn daran? Chronische Rückenschmerzen, die daher kommen, weil er nicht weiß, wie er sich verhalten soll?

Die Menschen verstellen sich, wollen anders sein als sie sind. Dazwischen das Leben, das man bewältigen muss.

Eine Frau sagte im Vorübergehen, sie würde jeden Tag mit ihrem verstorbenen Mann sprechen, müsste deswegen aber nicht zum Friedhof gehen. Ihr Mann sei einverstanden. Nur ihre Freundinnen würden das nicht verstehen.

Er hatte sie schon einmal gesehen, aber wo? Im Supermarkt? Auf der Straße? Im Hotel? Den ganzen Nachmittag überlegte er, wo er die Frau schon einmal gesehen hatte.

Man sieht es Ihnen an. Man merkt es! Was merkt man? Dass Sie nicht von hier sind. Warum sind Sie gekommen? Was wollen Sie?

Der eine schafft es, dem andern fällt es schwer. Aus der Ferne betrachtet sieht alles einfach aus.

Er fühlt sich nicht einsam. Nur manchmal glaubt er, den Kontakt zu den Menschen verloren zu haben. Je mehr er sich entfernt von ihnen, umso näher kommen sie.

Ein Mann lief nackt über den Strand und sprang ins Meer. Es sah aus, als hätte er gar nicht gemerkt, dass er nackt war. Die Sonnenschirme bogen sich im Wind. Liegestühle standen aufgereiht neben einem Boot. Hinter der Straße fuhr ein Zug vorbei. Der nackte Mann war verschwunden.

Er wollte nicht vor ihr erscheinen wie ein getaufter Pudel. Wenn er es nicht machte, würde es ein anderer tun! Aber wie anfangen, wenn sich ständig etwas hin und her bewegt in der Brust, man die Gedanken nicht mehr ordnen kann? Er war sich nicht sicher, er tat so, als berührte es ihn nicht. Er hatte den Entschluss noch nicht gefasst, sie anzusprechen. Dabei explodierte er innerlich.

Man darf sich nichts anmerken lassen. Man muss so tun, als sei nichts geschehen. Fast alle machen das so, denken sich nichts, haben sich nie etwas gedacht. Erst wenn der andere es merkt, wird es kompliziert. Geht es unentschieden aus, haben beide verloren.

Niederlagen sind keine Niederlagen. Niederlagen sind dazu da, um dich zu stärken. Niederlagen zeigen dir den Weg. Siehst du die Niederlage nicht, hast du schon verloren.

Bist du den andern einen Schritt voraus und kommst doch nie an? Unterhältst du dich mit einer Frau und schaust an ihr vorbei? Bist du in Gedanken bereits am Ziel? Hast du ein Ziel?

Das Lied hat einen Anfang, einen Mittelteil und ein Ende, kehrt manchmal zum Anfang zurück. Das Kind läuft, bis es erwachsen ist. Ist es erwachsen, fängt es erst richtig zu laufen an. Die Zeit läuft endlos weiter.

Er geht durch den Garten, pflückt eine Aprikose. Es gibt auch Kirschen, einen Feigenbaum, Erdbeeren. Er ruft die Hunde, aber sie kommen nicht. Sind sie bei den Gästen? Tatsächlich, die Männer spielen wieder Karten, warten, bis es etwas zu essen gibt. Wie im Himmel, hat einer gesagt. Aber er weiß nicht, ob er es richtig verstanden hat.

Es gibt verschiedene Formen der Arroganz. Es ist sinnlos, darüber nachzudenken. Was wäre sinnvoll? Aufeinander zugehen. Freundlich sein.

Sie hat ihn besucht, denkt aber nur an sich. Er unternimmt nichts dagegen. Herrscht Friede zwischen ihnen, fängt sie von vorne an. Er lässt seine Wut nicht an ihr aus. Und doch ist es ihm nicht egal.

Seit er denken kann, hat er etwas falsch gemacht. Er muss alleine fertig werden damit. Schon macht er wieder einen Fehler! Die Geschichte kennt jeder. Wer hat noch keinen Fehler gemacht?

Er will nicht wissen, was die anderen denken. Er will nichts mit ihnen zu tun haben. Er will in Ruhe gelassen werden. Er kommt sich vor wie jemand, den man versteht, aber nicht verstehen will.

Es geht uns nichts an, was die Frau am Abend macht. Es geht uns nichts an, was die Mädchen machen. Nur was in der Zeitung steht, geht uns was an. Im Internet. Vielleicht wird alles noch schlimmer. Der Tag verbirgt sich bereits in der Nacht.

Was hast du gelernt? Wie gehst du durchs Leben? Hochnäsig? Arrogant? Allein oder in Gesellschaft? Machst du immer, was du machen willst?

Beim Klang der Glocken heute Morgen dachte er an die Kirche in seinem Geburtsort. Der Sperling auf dem Dach des Nebengebäudes erinnerte ihn an das Tirilieren einer Lerche weit oben am Himmel an einem frühen Sommermorgen auf dem Land.

Kinder jagen hinter Strandläufern her. Das Meer schäumt vor Wut. Möwen treiben im Wind. Gelächter vor einer Strandbar. Ein Schiff weit draußen im Meer. Wer dirigiert uns? Wer hat alles in der Hand?

Du weißt, dass das Wort nicht die Sache ist, der Tag auch Nacht heißen könnte. Die großen Dichter haben sich alle geirrt, die Philosophen. Hast du nicht mit der Frau gesprochen, deren Sprache du nicht verstehst? Es gibt Sachen im Leben, die man mit Worten nicht erklären kann.

Er wollte etwas tun, als wäre es zum letzten Mal. Ein Kind schaute ihn erwartungsvoll an. Eine Frau ging an ihm vorbei. Es hatte nichts zu bedeuten. Er wollte gehen, und hielt sich am Sonnenschirm fest.

Jetzt ist es wieder da, dieses Gefühl, das du vernichten möchtest, weil es dich sonst noch um den Verstand bringt. Du kannst es nicht lenken, nicht bändigen. Du kannst nichts dagegen tun. Ausgerechnet jetzt, wo du dachtest, du hättest alles im Griff!

Ein Mann mit einem Papierdrachen in der Hand geht am Strand entlang. Er schaut nicht glücklich aus, aber auch nicht traurig. Möchtest du der sein? Oder lieber die

Frau, die sich neben dir niedergelassen hat?

Wer hat dir ein befreiendes Gefühl gegeben und gleich wieder kaputtgemacht? Wer hat dich ausgelacht und gesagt, dass es nicht richtig ist, was du machst? Und dass du weiter entfernt bist vom Leben als der Mond von der Sonne? Hast du Angst bekommen als Kind, weil dir niemand zur Seite stand? Weil du dich nicht ausdrücken konntest? Und wenn, wurdest du nicht auf der Stelle mundtot gemacht?

Heute weiß er, dass es Feiglinge gibt: Feiglinge vor den Frauen. Feiglinge vor den Nachbarn. Feiglinge vor den Lehrern. Feiglinge vor den Politikern. Feiglinge vor den Kindern. Feiglinge vor dem Publikum. Feiglinge vor dem Morgengrauen. Feiglinge vor sich selbst.

Auch hier gibt es Leute, die sich erst in Gesellschaft wohl fühlen. Sie reden so viel, dass man glauben könnte, die andern würden sie verstehen. Aber sie reden auch nur aneinander vorbei. Wie die Frau, die jetzt grundlos zu lachen beginnt.

Sie ruft ihn an und sagt: Du, mir ist langweilig. Ist er bei ihr, wird ihr noch langweiliger. Es gibt Sachen auf der Welt, die er immer noch nicht versteht. So wie ein Fußballspiel, das man glaubte gewonnen zu haben, sich plötzlich ins Gegenteil dreht.

Jetzt war der Augenblick gekommen, wo er nicht mehr überlegen musste, ob er es machen sollte oder nicht. Ob er es schön finden sollte oder nicht. Sich selbst erniedrigen oder über sich hinaussteigen. Es abbrechen oder einfach geschehen lassen. So würde ihm die Frau, die ihm einst alles bedeutet hatte, jetzt nichts mehr bedeuten.

Weltkriege. Schlachten. Religionen. Fälschungen. Wiedergutmachungen. Von den Anfängen der Menschheit bis heute. Gespeichert auf einem Chip. Aber für wen?

Was bringt die Menschen weiter? Offenheit? Gradlinigkeit? Das Gefühl, nicht betrogen worden zu sein?

Er hatte die Grenze bereits hinter sich gelassen, da winkte ihn eine Polizistin heran. Er stellte den Motor ab, öffnete das Seitenfenster. Sie schaute ihn an, deutete auf das Nummernschild, fragte nach seiner Herkunft. Und ließ ihn unkontrolliert weiterfahren.

Tu, was du glaubst tun zu müssen, sonst ist es bald nicht mehr das, was du tun wolltest. Du hast so vieles noch nicht getan, was du dir vorgenommen hast. Dafür immer das, was andere sagten.

Er legte das Telefon beiseite, aber der Gesprächspartner redete weiter. Vielleicht würde er aufhören, wenn er merkte, dass ihm niemand mehr zuhörte. Man braucht kein Telefon mehr. Weil jeder nur noch sich selber hört.

Was du suchst, weiß ich nicht. Vielleicht hast du es verloren. Oder es bedeutet dir nichts mehr. Suchst du deinen Feind, der dich betrogen hat, oder deine Freunde? Die gibt es aber nicht mehr. Es hat sie nie gegeben. Sonst wären sie bei dir an deinem Geburtstag.

Er wusste, er war auf dem richtigen Weg. Er hörte nicht auf. Würde er aufhören, könnte er jederzeit weitermachen. An diesem Ort, den niemand kennt, außer ihm.

Das Haus hatte kein Dach mehr, die Haustür keinen Griff. Das Fenster war ein viereckiges Loch, durch das die Schwalben flogen. Im Garten roch es nach Zigarettenrauch. Die Garage war leer. Niemand wartete auf ihn im Haus seiner Eltern.

Die Obstverkäuferin ist weggezogen. Die Gemüsefrau auch. Die Stühle vor dem Haus sind leer. Stille ist eingekehrt, wo früher gelacht wurde. Die Bar ist geschlossen. Einen Pfarrer gibt es nicht mehr.

Die Katze läuft über die Straße. Der Hund versteckt sich im Graben. Die Tiere bekommen menschliche Züge, werden nicht mehr gebraucht. Der Hof ist verkauft, auch die Felder. Ein Konzern hat jetzt die Hand darauf.

Man geht davon aus, was man weiß, was einem vertraut ist, sagte der Mann. Man stellt Vergleiche an und bewertet, wo es nichts mehr zu bewerten gibt.

Der Strand war menschenleer, der Mond spiegelte sich im Meer. Ich war hellwach, fing zu schreiben an. Es war eine Nacht voller Einfälle, Gedankensprünge. Ich wurde nicht müde. Der Tag hatte noch nicht begonnen.

Wie umgeht man den Sturz, der kommen wird? Indem man weitermacht, sich keine Fehler erlaubt, weil man nie fertig wird damit. Du hast gedacht, dass es die Freiheit wäre, aber jetzt erkennst du, dass es eine Freiheit nicht gibt.

Die Fahnen flattern im Wind. Schwarz wird weiß. Groß wird klein. Fühlst du dich sicher, kommt etwas dazwischen. Werde arm, wenn du reich bist. Gesund, wenn du krank bist. Groß, wenn du klein bist. Jung, wenn du alt bist. Lass die Fahnen flattern im Wind!

Du suchst sie, aber kein Lächeln kommt dir entgegen. Nur ernste Gesichter drängen sich auf. Dein Handy hilft dir nicht weiter. Erst wenn sie dich erkannt hat, ist alles in Ordnung.

Du kritisierst den Politiker, unternimmst aber nichts gegen ihn. Du willst festgehalten werden, und hältst selber nichts fest. Du suchst und weißt nicht, wo du anfangen sollst. Du willst alles und doch nichts. Du verwechselst die Tage, die Menschen. Tabletten helfen da nicht.

Der Kellner gab ihm eindeutig zu wenig Geld heraus. Das hätte er nicht gedacht. Doch er sagte nichts, ließ es auf dem Tisch liegen. Allein fühlte er sich unterlegen. Wäre er mit anderen zusammen gewesen, hätte er sich beschwert. Die Stille wird lauter, wenn man allein ist.

Die rassige Frau im roten Bikini stand auf von ihrer Liege, machte einen Knoten ins Haar und ging ins Meer. Der Wind spielte mit den Wolken. Frauen verfolgten sie mit neidvollen Blicken. Männer bekamen lange Hälse. Allein die Sonne war auf ihrer Seite.

Er kann nicht mehr wegschauen, wenn er sie sieht. Er hat tausend Gedanken im Kopf. Er weiß nicht, wie er sich verhalten soll. Dabei wäre alles so einfach.

Keine Feindschaft. Keine Kriege. Wir sind nicht alleine auf der Welt. Auch die Wirtschaftsbosse nicht. Sage es ihnen, dann wirst du schon sehen, wohin du kommst. Die Jugend hat recht. Die Zehn Gebote müssen neu geschrieben werden.

Sie gab sich ihm hemmungslos hin. Ihre Freunde verstanden Sie nicht mehr. Aber Sie wollte ihn! Vielleicht weil alle dagegen waren?

Leeres Gerede, nichts als Geschwätz. Wer kennt das Gefühl nicht, wenn sich die Gedanken nur noch um eine einzige Person drehen? Da gibt es kein Gestern und kein Morgen mehr. Nur das Jetzt, die Erfüllung, Freude und Glückseligkeit. Die Leute begreifen nicht, dass man plötzlich verrückt werden kann.

Er will nichts beweisen. Er sitzt allein am

Strand, betrachtet die Leute, die verschiedenfarbigen Sonnenschirme. Er sucht nichts, er will nichts, er mischt sich nicht ein. Er bewertet nichts, lässt geschehen, was ringsum geschieht.

Wenn du kommen willst, dann komm. Lade bei mir aber nicht deine Sorgen ab. Sag ruhig, was du denkst. Ich stelle dir keine Fragen. Ich bin nicht von hier.

Die Frau hatte ein Argument, mit dem keiner etwas anfangen konnte. Wenn etwas perfekt ist, sagte sie, dann ist es tot, und was tot ist, interessiert mich nicht. Die Blender aber kennen nur Perfektionismus! Sie verlangte eine Bestätigung, dass, wenn etwas perfekt ist, es nicht mehr lebt. Sie wollte eine Antwort, aber die Blender antworteten nicht.

Der alten italienischen Eiche haben sie den Arm abgeschnitten. Man muss gar nicht erst fragen warum. Die Autos bestimmen das Straßenbild. Sollte es etwa nicht verständlich sein? Wegen der Stille stand der Baum nicht da. Weiter oben, am Hang, haben sie ein großes Schild aufgestellt. Das zeigt den nächsten Vernichtungsplan. Es dauert oft sehr lange, geht dann aber sehr schnell.

Ein kleiner, schwarzer Jagdhund mit schönem Gesicht ließ sich auf der Terrasse nieder. Er verfolgte das Abendessen der Familie. Steak, Fisch, Salat und Kroketten. Eine Katze gesellte sich dazu. Die Sonne versank hinter dem Garten, vom Feld her kam ein leiser Pfiff. Der Hund sprang auf, schnappte sich einen Bissen und rannte blitzschnell davon. Furia! Furia!

Wenn du dich in einer Gesellschaft aufhältst und die Sprache nicht verstehst, fällt alles auf dich zurück. Während er das dachte, flog eine Elster über das Nebengebäude. Noch bevor er in die Hände klatschen konnte, war sie verschwunden.

Sind Frauen ruhiger als Männer? Haben sie mehr Geduld mit der Familie? Mit den Nachbarn? Mit den Kindern? Ist das Leben zu kompliziert geworden für Männer, weil nur noch das Geld zählt, sonst nichts?

Die alten Männer, die eine Ewigkeit brauchen, bis sie von ihren Liegestühlen aufgestanden sind, dominieren die Jugend. Sie halten sie in Atem mit altklugen Sätzen, gehen über den Strand, als gehörte er ihnen allein. Ich habe versucht, Verständnis für sie aufzubringen. Vielleicht weil ich auch schon zu ihnen gehöre?

Muss man alles glauben, was die Gelehrten sagen? Wenn sie mir ihre Gelehrsamkeit nicht erklären können, glaube ich es nicht. Muss ich alles glauben, was in den Zeitungen steht? Was mir die Politiker erzählen? Im Fernsehen erscheint? Im Internet veröffentlicht wird?

Morgen will ich mich mit einem Musiker treffen, der Jazzgitarre spielt. Wir wollen darüber sprechen, was frei ist und was nicht. Vor allem, wie weit die Freiheit gehen darf. Auch wenn ich ihn nicht verstehe, werde ich ihm zuhören, weil er ein geduldiger Mensch ist, der auch die Meinung eines andern gelten lässt.

Was hast du aus deinem Leben gemacht!? Reicht es nicht, dass ich gelebt habe? Nein, das reicht nicht! Hast du nicht geheiratet? Nichts fürs Gemeinwohl getan? Warst du nicht im Kirchenbeirat? Kein Mitglied im Schützenverein? In der Partei? Was hast du gemacht die ganze Zeit? Ich habe keine Familie gegründet. Ich habe nichts gespendet. Ich war nie politisch engagiert. Ich habe nicht getan, was andere tun. Ich habe bloß gelebt, und das war schwierig genug.

Sie machte den ersten Schritt, kam auf ihn zu und sagte: Ich dachte, das mit den Autos hätte sich längst erledigt? Sie war unglaublich schön. Er versuchte gar nicht erst, etwas zu sagen. Sie holte ihr Handy aus der Tasche, fotografierte die Stoßstange, ging dann sehr nahe an ihm vorbei und fragte: Alles in Ordnung?

Du tust dir weh, weil du nicht sagst, was du denkst. Du tust dir weh, weil du nicht lächelst, wenn du lächelst. Du tust dir weh, weil du nicht zu ihr gehst, wenn du zu ihr gehen willst. Du tust dir weh, weil du dir selbst nicht verzeihst.

Es stimmt alles, sagte sie. Jedes Wort. Es ist das Beste, was ich bisher gelesen habe. Aber wir können es nicht drucken. Es würde uns alle ruinieren.

Sie stellen dir Fragen, die du nicht beantworten kannst. Sie glauben dir nicht, wenn du kein Zeugnis hast. Sie wollen alles wissen von dir. Sie glauben dir erst, wenn du schwörst.

Niemand will wissen, wer du bist. Niemand will wissen, woher du kommst. Niemand will wissen, warum es so viele Sprachen gibt. Ein Fremder zu sein ist nicht einfach. Auch wenn du die andern kennst. Niemand interessiert sich für dich.

Sie reden den ganzen Tag, gestikulieren mit Händen und Füßen, aber niemand ist da, der ihnen zuhört. Es sind immer die gleichen Leute. Man muss kein Gelehrter sein, um zu begreifen, um was es geht. Es zu verstehen ist eine andere Sache.

Man wünscht sich den Wind, dass er die Hitze vertreibt vom Strand. Man wünscht sich den Wind, wenn man allein ist. Man wünscht sich den Wind, wenn man die Stille nicht mehr erträgt. Man wünscht sich den Wind, dass er die Bäume kämmt. Man wünscht sich den Wind, dass er den Staub von den Straßen weht. Man wünscht sich den Wind, dass er die Gedanken ordnet.

Die meisten Leute hören nicht zu, wenn du mit ihnen sprichst. Sie verstehen nicht, was du ihnen sagen willst. Sie interessieren sich nicht dafür. Sie gehen darüber hinweg. Sie lassen sich nicht ein auf ein Gespräch, auch wenn du ihre Sprache sprichst. Man muss viel Geduld haben mit ihnen.

Ein Tag ohne Sonne, ein Tag ohne Licht. Ein Tag in der Finsternis, den man nie mehr vergisst. Ein Tag ohne Freude, ein Tag ohne Liebe. Bleibt man in so einem Tag hängen, kann man sich nicht mehr befreien. Du wachst auf, willst das Licht anknipsen, aber die andern hindern dich daran.

Er sagte: Die Zeitungen bringen nichts über dich, solange du nicht bekannt bist. Du wirst nur milde belächelt, wenn du von dir sprichst. Es ist tatsächlich so, dass sie nur abschreiben. Es gibt aber auch Neider. Und diejenigen, die gar nichts sagen, verraten sich am meisten. Es ist überall das Gleiche. Die auf dem hohen Ross sitzen, verteidigen ihre Position. Freiwillig steigen die nicht ab. Im Gegenteil, wenn es geht, zertrampeln sie dich. Es ist wie ein geschlossener Kreis. Korruption gibt es nicht nur im Ausland.

Ich kann nicht so schreien wie die Frau im Nebenhaus. Ich habe keine Katze, die mich beruhigen könnte, indem ich sie beruhige. Die Bäume verlieren ihr Laub, wenn man so schreit. Die Frau versteckt nichts. Der Mann kommt nicht dagegen an. Es geht um das, was sie zueinander gesagt haben. Es geht um das Haus, um den Nachbarn, ums Geld! Die Kinder kriegen das mit, werden später genauso wie sie.

Er stellt sich in den Vordergrund, gibt den Ton an. Er wird unterstützt von den Großen, aber selbst die macht er fertig. Er stellt sich zur Schau, drängt sich vor, macht sich rar, spricht in Rätseln. Er lässt sich nicht kaufen. Nimmt den Preis an, indem er ihn ablehnt.

Die offene Weinflasche steht auf dem Tisch, daneben eine Karaffe. Der Wein ist tiefrot. Im Radio Nachrichten. Du darfst dich nicht kleinkriegen lassen. Gegenspieler gibt es genug. Der Wein ist angenehm kühl. Du bist gar nichts, sagen die andern.

Du kannst es benennen. Aber festhalten kannst du es nicht. Du willst woanders hin, weil da, wo du jetzt bist, alle gegen dich sind. Wer dich nicht kennt, weiß nichts von dir. Was bleiben soll, soll bleiben. Wasser fließt nicht bergauf.

Selbst wenn er bei ihr ist, denkt sie: Er ist nicht bei mir! Er geht weg, kommt reumütig zurück. Was die andern sagen, interessiert ihn nicht. Dabei wurmt es ihn, wenn sie ihn schlechtmachen. Er will in den Süden, sie in den Norden. Morgen ist Sonntag. Nein, Sonntag war gestern.

Wer beherrscht dich? Wer ist dir überlegen? Was unternimmst du dagegen? Willst

34

du eine Fremdsprache lernen, weil du dich verliebt hast? Nur um der Frau zu zeigen, dass du es kannst? Du denkst nicht an die Zwischenzeit, an den Winter in ihrem Land. Hat sie was von Liebe gesagt?

Gäste, die laut die Speisekarte lesen, die Umgebung kritisieren, gedankenlos weiterplaudern. Ein Mann mit Strohhut sagt: Ich nehme den Fisch, weil da gibt's eine Vorspeise dazu. Das möchte ich sehen, meint die Frau neben ihm, das mit der Vorspeise, weil ich hab schon lange keine Vorspeise mehr gehabt! Aus dem Hintergrund eine gebrochene Stimme: Wir sollten froh sein, dass wir noch leben.

Die Hunde bellen in der Nacht. Aber die Ohrenstöpsel helfen dir nicht, weil du im Traum zerfleischt wirst von ihnen. Was suchst du? Willst du das schöne Land beschmutzen mit deiner hässlichen Sprache? Die Hunde werden schon sorgen dafür, dass du nicht bleibst.

Der Morgen danach, der Abend darauf. Der Der Besserwisser hat sich in eine Frau verliebt. Das schlechte Essen, der Schnaps. Wo war er? Wohin wollte er? Die Frau war nicht abgeneigt. Aber er hatte sich falsch ausgedrückt. Der Morgen danach, der Abend darauf. Was gibt es Schlimmeres?

Das Genie kümmert sich nicht um Details. Das Genie kannst du vernichten damit. Das Genie fragt nicht nach der Zeit, nicht nach dem Detail. Das Genie ist die Zeit, die du nicht hast. Wenn du daran denkst, erreicht es dich nicht.

Wie kommen zwei Menschen zusammen? Ist es die Herkunft? Die Familie im Hintergrund? Spielt das Alter eine Rolle? Der Computer, der deine Gedanken kontrolliert?

Auf welcher Seite stehst du? Mehr links oder rechts? Wohin gehen deine Gedanken bei der Betrachtung einer Frau? Denkst du an Beherrschung oder Vernichtung? Glaubst du, mit einer Tätowierung hättest du bereits gewonnen? Weil nur noch Nichtigkeiten zählen auf der Welt?

Er wusste alles über Moll-Akkorde, obwohl man darüber nichts wissen musste. Die Höhe des Brückenpfeilers der alle Grenzen überschreitenden Brücke. Die längste Nacht in der Menschheitsgeschichte. Das verheerendste Urteil? Er wusste alles. Nur nicht, wie man sich eine Freundschaft erhält.

Ein schwarzgefleckter Hund schlich ums Haus, schon war die Hölle los. Man sah nur noch zwei wildgewordene Tiere, sodass der Schwarzgefleckte seinen Schwanz einzog, als ich erwachte.

Er sagte: Es hat keinen Sinn, sich auf Frauen einzulassen, die andere Ansichten haben. Wenn dann für immer, heißt es bloß. Wolltest du nicht eine schöne Nacht verbringen mit ihr? Wolltest du nicht alles? Nun steckt ein Schwert in deiner Brust, das dich noch umbringen wird, wenn du ihr nicht verzeihst.

Sie geht mit dem Handy ins Meer, spricht mit ihrem Verlobten, der dort ertrunken ist. Allein der Wind und die Wellen hören ihr zu. Sie hat es noch nicht überwunden. Eigentlich wäre hier die Geschichte zu Ende. Nur ist die Frau seit ihrem letzten Gespräch nicht mehr zurückgekehrt.

Allein bleiben oder ein Mitläufer werden? Was bedeutet es, wenn sie dich schneiden? Als Außenseiter betrachten? Wohin gehst du, wenn nicht zu dir selbst? Was verbirgt sich hinter dem Wort Einsamkeit? Fällt dir die Decke auf den Kopf, wenn du allein bist? Bist du stark genug, sie aufzuhalten?

Du musst es akzeptieren oder vergessen. Es wird sich rächen, wenn du dich nicht öffnest, nur versteckst im Kämmerlein. Die Leute wollen weiterleben wie bisher. Sie glauben nicht, dass sie sich bessern können.

Die Straße ist leer. Ungewohnt um diese Zeit. Freue dich, dass du Platz hast und niemand dich stört. So eine leere Straße hast du schon lange nicht mehr gesehen. Was fällt dir dazu ein? Wenn sich nicht bald etwas ändert, ersticken wir noch vor lauter Autos! Nur heißen die dann anders und haben mit uns nichts mehr zu tun.

Es hat nichts zu bedeuten, wenn der Hund auf dich zukommt und gestreichelt werden will. Es gibt Tage und Nächte, in denen alles verkehrt herum läuft. Die Eiche hat mit der Pappel nichts zu tun. Wenn du was aufbauen willst, musst du wissen, was du willst. Nur wissen das die meisten Leute nicht. Das erledigt die Werbung für sie.

Die Menschen machen sich wichtig mit aufgeblasenen Ideen, rotten sich zusammen, gründen Vereine. Hältst du dich nicht an die Statuten, fliegst du raus. Oder du kommst gar nicht erst rein. Was ist wichtiger? Du oder die andern?

Warum gehst du nicht aus dir heraus? Hast du Angst vor dem Mann, der dich an deinen Lehrherrn erinnert? War er nicht kalt und abweisend zu dir? Hat er nicht etwas verlangt, obwohl du es noch nicht konntest? Hat er nicht den andern bevorzugt? Warum bleibst du stehen und schaust ihn an? Wäre es nicht besser, du würdest weitergehen?

Die Nacht ist vorbei, der Tag hat noch nicht begonnen. Versuch einer Beschreibung des

Gartens: Ein Wasservogel auf dem Gartenzaun gurgelt, sieht mich und fliegt weg. Jemand hat auf dem Feld ein Feuer gemacht.
Beißender Geruch in der Luft. Die Hunde laufen erwartungsvoll auf mich zu. Die
Katze streckt sich im Gras. Die Hunde wollen gefüttert werden. Es fängt an zu regnen.
Ich gehe zurück ins Haus.

Auch wenn es heißt, die Jugend war immer
schon so, kannst du mit ihr nicht mithalten.
Sie erscheint dir rücksichtslos. Noch so ein
Wort, das du streichen musst aus deinem
Vokabular.

Er hatte sich einen lauen Sommerabend auf
der Terrasse vorgestellt. Aber dann kam der
Junior mit seinem Handy. Es war wirklich
nicht schön, dass er das gemacht hat. Alle
möglichen Geräusche. Falsches Gelächter.
Keine Freude, keine Stimme, die echt gewesen wäre. Und – was stört dich daran?
Warst du nicht auch mal jung?

Kannst du unbefangen sagen: Ich komme
aus diesem Land, und das ist meine Heimat.
Was antwortest du, wenn du gefragt wirst,

wo du zu Hause bist? Auch wenn du weißt, dass es in anderen Ländern noch schlimmere Aggressoren gab, schluckst du und suchst nach einer Erklärung. Aber sie gelingt dir nicht. In Gedanken hörst du auf, dich zu rechtfertigen. Und schämst dich auch noch dafür.

Darf man noch freundlich sein? Darf man noch sagen: Schön, Sie zu sehen! Oder muss man damit rechnen, dass die Frau unter ihrem Schreibtisch auf ein Knöpfchen drückt?

Sie ist das Maschinengewehr und er die Pistole. Sie macht ihn fertig. Er kommt nicht mehr mit. Doch er liebt sie. Sagt er jedenfalls. Was hat er getan? Etwas, das sie nicht wollte. Er legt eine Patrone nach. Sie stellt Zwischenfragen, hält ihm das Magazin vor die Nase: Was willst du, sterben oder mir verzeihen?

Bringt der Abend das Glück wieder ins Haus zurück oder erst der Morgen? Wer hat Recht? Was ist Recht? Eine Urkunde mit deiner Unterschrift? Zwei Ringe? Eine Jubiläumsurkunde? Hat sie Recht oder er? Fängt es schon wieder an? Muss es ewig so weitergehen? Könnte man sich zwischendurch nicht einmal vertragen?

Er sagte: Ich weiß nichts von ihr. Sind es die Eltern, die jeden Tag neben ihr sitzen? Hört sie ihnen zu, weil sie gerettet werden will? Ist sie noch nicht selbständig? Wird sie nicht fertig mit dem Leben? Alleinsein heißt nicht allein sein mit einem Mann, sondern auch allein in der Nacht, und am Morgen nach dem Erwachen. Warum beachtet sie mich nicht?

Er will sie. Aber er weiß nicht, was auf ihn zukommt. Die einen sagen dies, die anderen das. Du musst die Regeln beachten, sagen die andern, man kommt nicht darum herum. Wenn er einen Mitstreiter hätte, gäbe es nichts zu gewinnen. Wäre er allein, hätte er alle Möglichkeiten. Mehr wünschte er sich nicht. Doch er wartet, sodass weder das eine noch das andere geschieht.

Die dicke Frau mit der Goldkette um den Hals gibt den Ton an. Das Mädchen neben ihr hört auf sie. Die Goldkette sagt: Der Bursche in der weißen Badehose hat ein Auge auf dich geworfen. Ich weiß, erwidert sie, aber so schnell bin ich nicht. Das solltest du auch nicht, meint sie, ich glaube nämlich, er versteht deine Sprache nicht. Schau dir den andern an! Das Mädchen schaut den andern an. Der ist zwar schön, aber ein echter Dummkopf. Das weiß die Frau mit der Goldkette. Sie winkt ihn zu sich, macht ihn mit dem Mädchen bekannt.

Er ist allein. Badegäste beobachten ihn. Er schreibt, geht in den Pausen am Strand entlang. Oder er schwimmt weit hinaus, kehrt zurück, fängt wieder zu schreiben an. Die Sprache, die er nicht versteht, inspiriert ihn. Das Meer und die Sonne, das Licht hier, die ganze Atmosphäre.

Die Schaumkronen auf den Wellen glitzern in der Morgensonne. Ein Kind läuft mit einem Kübel in der Hand auf die Wellen zu. Ein Traktor von den Stadtwerken fährt allein am Strand entlang. Zwei Möwen kreisen schreiend über dem Meer. Die Mutter ruft nach dem Kind, das unter den Wellen verschwunden ist.

Bist du arm? Bist du reich? Hast du alles,
was du brauchst? Beneidest du jemanden?
Denkst du dir nur deinen Teil? Oder denkst
du, der andere sei arm, weil er alles hat?
Muss man erst alles besitzen, um arm zu
sein?

Hörst du, sie öffnen die Schublade, legen
Gabel und Messer auf den Tisch. Sie haben
sich vom Supermarkt ein gegrilltes Hähn-
chen gekauft. Man riecht es bis zu uns
herüber. Einer schneidet Brot, schält ein
paar gekochte Eier. Der andere öffnet eine
Weinflasche, stellt zwei Gläser auf den
Tisch, schenkt ein. Sie lassen das Huhn aus
der Papiertüte gleiten. Sie setzen sich, lachen und prosten sich zu. Jetzt fangen sie
an zu essen.

Nur wer ernst schaut, kommt in den enge-
ren Kreis. Auch die, die nach der dritten
Lüge noch nicht rot werden, dir die Hand
reichen, als würden sie dich kennen. Auch
jene, die immer was zu verheimlichen haben, kriegen eine Chance. Schlussendlich

nehmen wir aber nur die mit den weißen Westen.

Als er sie nicht mehr sah, glaubte er, sich getäuscht zu haben. Dass sich Wolken dazwischen schieben könnten, hätte er nicht gedacht. So wurde er vom Unwetter überrascht. Er hätte sich beinahe daran gewöhnt, bis er sie wieder sah!

Vergiss, was geschehen ist. Mach es wie die Kinder. Ist ein Teil der Sandburg eingestürzt, zerstöre sie ganz!

Er hat bisher noch keine Liebespaare gesehen am Strand, nur braungebrannte Körper.

Er spricht im Traum mit ihr. Tagsüber sucht er ihre Nähe. Die Leute haben Angst vor ihm. Er ist unberechenbar, sagen sie. Die Frau, auf die er es abgesehen hat, schwimmt noch im Meer. Aber er kriegt sie, so wie er jede bekommen hat. Sie ist groß, aber das hilft ihr nichts. Er umgarnt sie, hält sie in den Armen, lässt locker, und genau dazwischen sticht er zu.

Im Garten kämpft der Hund mit einem Strick, der an den Feigenbaum gebunden ist. Im Hintergrund hört man einen Alleinunterhalter, der auf der Hotelterrasse sein Bestes gibt.

Die Frau hat eine rostige Stimme, hört sich aber freundlich an. Ob es die Oma oder Tante ist, die hier zu Besuch ist, weiß er nicht. Er kann sie nicht sehen. Sie lacht gerne, bedankt sich beim Hausherrn für etwas, das er nicht verstanden hat. Er hat nur gehört, dass es morgen noch heißer werden soll. Kein Regen? Nein, kein Regen. Auch nicht in Neapel? Nein, auch nicht in Neapel!

Ich glaube nicht, was die Leute sagen. Ich glaube nicht, was die Kirche sagt. Ich glaube nicht, was im Fernsehen gesagt wird. Ich glaube nicht dem Sänger und auch nicht der Sängerin. Ich glaube nicht den Zeitungen. Ich glaube nicht dem Internet. Auch wenn alle glauben daran.

Willst du etwas für das Allgemeinwohl tun, dann schweig. Sei bitte mal ruhig. Hör zu, was die andern sagen. Rede nicht immer dazwischen. Sonst passiert noch was!

Seit er die Nachtigall gehört hat, weiß er, was Stille ist.

Leute, die vor sich selbst davonlaufen. Gehen hektisch, abgewandt, mit verkrampften Gesichtern. Verstecken dahinter ihre Angst. Angst vor dem Alleinsein. Angst vor der Krankheit. Angst vor der Fremde. Angst vor sich selbst.

Heute ist nicht der Tag, um große Reden zu halten. Heute hören wir den Leuten zu. Auch wenn wir ihre Sprache nicht verstehen. Ihre Mimik und Gestik sagen alles. Hör zu, was sie nicht sagen!

Der alte Herr mit der weißen Kapitänsmütze hat den ganzen Nachmittag über versucht, sein Segelboot zu reparieren, aber nichts zustande gebracht. Jetzt steht er fast bewegungslos davor und betrachtet seinen Werkzeugkasten. Ich weiß, er fährt jedes Jahr mit dem Boot hinaus aufs Meer. Bleibt nicht lange, kehrt rechtzeitig wieder zurück. Kann durchaus sein, dass dieses Jahr nichts wird daraus.

Wer anderer Meinung ist, soll es sagen. Ich sehe die Leute im Fernsehen, im Internet, auf den Straßen. Sie sind weit entfernt von mir. Ich bemühe mich nicht, ihnen näher zu kommen. Und doch kommen sie mir näher. Manchmal glaube ich, wir werden von fremden Mächten beherrscht.

Die schneeweiße Frau fällt sofort auf unter den braungebrannten Menschen. Sie will nicht weniger sein und nicht mehr. Sie will dazugehören. Wie der Wind, die Wolken und das Meer. Schau, sie bringt eine ganz neue Farbe ins Spiel!

Das Tuckern der Fischerboote auf dem Meer. Das Klicken beim Aufspannen des Sonnenschirms. Ein Hund, der lautlos über den Strand läuft. Das wehleidige Geschrei einer Möwe.

Leute, die schweigen, wenn es nichts zu sagen gibt. Jemand, der es gut mit dir meint. Eine Frau, die dich unerwartet grüßt

beim Vorübergehen. Jemand, der dich ver-
misst. Eine höfliche Geste. Ein freundlicher
Blick.

Eins ist nicht zwei. Drei nicht vier. Es gibt
Grenzen, die du nicht überschreiten kannst.
Der Mond ändert seine Größe. Bei Ebbe
zieht sich das Meer zurück. Erst bei Flut
zeigt es sein wahres Gesicht.

Deine Gedanken an die schöne Frau werden schlecht gemacht von Leuten, die sagen: Sie gehört dir nicht! Oder bist du ver-
heiratet mit ihr?! Die Welt ist ein Irrgarten
geworden. Du musst aufpassen, dass du
nicht untergehst. Die schöne Frau weiß
nichts davon. Erst wenn du ihr sagst, was
du empfindest für sie, erklärt sie dich für
verrückt.

Der Mann trägt einen Vollbart, möchte aus-
sehen wie der Schauspieler. Die ganze
Werbung ist voll mit Bärten, aber nur der
Bart des Schauspielers zählt. Der Mann
möchte ihm ähnlich sehen. Seine Frau bestätigt es: Du siehst aus wie der Schauspieler! Wie heißt er gleich?

Es gibt Geschichten, die man nicht erzählen kann. Es gibt Frauen, die man nicht versteht. Es gibt Regeln, die man nicht einhalten kann, und wären sie noch so schön.

Der Mann geht allein durchs Leben. Warum soll er sich einer Gemeinschaft anschließen? Er würde dort nur Unruhe stiften. Er braucht niemanden, der ihm erklärt, wie er leben soll. Das sind Anweisungen für Idioten, sagt er. Er ist der zufriedenste Mensch der Welt.

Das Baby schreit, weil man es in die Sonne gelegt hat. Es ist müde und wird mit dummen Sprüchen wach gehalten.

Drei Mal ist zwei Mal zu viel, wenn es beim ersten Mal funktioniert hat. Warum willst du es nochmal probieren? Um zu vergessen, wie schön es beim ersten Mal war?

Stell ihr keine Fragen, weil du die Antwort sowieso nicht verstehst. Oder verstehst du ihre Sprache? Auch wenn ich ihre Sprache nicht verstehe, möchte ich die Antwort wissen!

Manchmal geschieht etwas, das man nicht berechnen kann. Das man nicht erklären kann. Von dem man keine Ahnung hat. Und schon ist man mittendrin im Leben. Man müsste nur noch leben. Das haben aber die meisten Menschen schon verlernt, weil es dafür Fertiggerichte gibt.

Du bist selbst verantwortlich für die Bilder, die du gemalt hast. Dass es andere Farben geben könnte, daran hast du nicht gedacht.

Wenn du in einer Gemeinschaft lebst, darfst du nichts sagen, was die Gemeinschaft stört. Nichts tun, was ihr schaden könnte. Weil es nur Regeln und Verpflichtungen gibt. Wenn du dich außerhalb der Gemeinschaft aufhältst, wirst du geprüft. Tauglich oder untauglich? Du musst dich entscheiden. Willst du oder willst du nicht?

Der Hund war eingesperrt im Haus. Ich wusste nicht, was ich machen sollte. Ich hatte keine Schlüssel. Der Hund heulte fürchterlich. Die Hühner im Stall fingen zu gackern an.

Sich hinsetzen und überlegen, was zu tun wäre. Rasenmähen, Holzhacken. Nicht den jungen Mädchen nachschauen. Es hat nichts mit dir zu tun. Dein Land fängt dort an, wo das andere aufhört.

Die sich beherrschen lassen von fremden Mächten, um andere zu beherrschen, sind die wahren Beherrschten.

Die Frau ließ sich anschauen, wollte sie etwas von mir?

Sie klammert sich an ihre Familie. Ihren Mann. Ihren Bruder. Was macht sie, wenn ihr keiner mehr zuhört? Wohin geht sie, wenn sie niemand mehr akzeptiert?

Gehst du allein durch die Welt? Führst du schon Selbstgespräche? Hast du einen Freund, den du verstehst? Einen, der auch dich versteht?

Der ganze Müll in dir, der über dich hinauswächst, dich nachts erdrückt im Schlaf. Wen hast du beleidigt? Wen hast du verletzt? Was hast du angestellt? Woher kommt der ganze Müll?

Schon eine Woche vorher denkst du an die Rückreise. An den Verkehr, an die Übermüdung, und dass du die Abzweigung übersehen könntest. Du denkst an die Tunnel, die Kontrollen und an die mörderische Hitze. Niemand weiß, wie alles endet. Auch daran denkst du jetzt.

Sie kennen sich untereinander. Die einen mehr, die anderen weniger. Sie bleiben stehen, fangen ein Gespräch an mit dir. Aber du verstehst nichts, merkst nur an ihren Gesten, dass es nichts Weltbewegendes ist. Am nächsten Tag gehen sie grußlos an dir vorbei.

Heute Morgen ist so ein Lärm, dass du Ohrenstöpsel brauchst. Als du angekommen bist, hast du ihn nicht wahrgenommen, bist vor Übermüdung eingeschlafen. Und jetzt willst du ihn nicht hören? An was erinnert er dich?

Du musst es nicht glauben, auch wenn es stimmt. Es hat nichts mit Philosophie zu tun. Der Wind war heute im Olivenhain unterwegs und ließ den Himmel heller erscheinen als er war.

Das Buch der Liebe. Das Buch der Freude. Das Buch der Trennung. Das Buch der Lüge. Das Buch der Fälschung. Das Buch der Leiden. Das Buch der Schmerzen. Das Buch der Buchstaben. Das Buch der Zahlen. Das Buch, das noch keiner geschrieben hat.

Drei Wochen lang ohne Fernsehen, ohne Zeitung und Internet. Warum nur drei Wochen lang?

Morgen ist auch noch ein Tag, sagen die Leute. Für den Lehrling die Prüfung. Für den Manager die Entscheidung. Den schönen Baum aber haben sie heute abgesägt, unter dem ich gestern noch geträumt habe. Es kann nicht alles schön sein, sagen sie, Morgen ist auch noch ein Tag!

Wo warst du? Wissen es die andern? Machst du dir was vor? Glaubst du, was du glaubst? Liebst du die Abgeschiedenheit? Bist du einverstanden mit der Situation? Am Abend gibt es keine Ablenkung, die dich wegbringen könnte von hier.

Du musst dir nicht alles dreimal überlegen. Du kannst ruhig sagen, was du denkst, weil dich hier sowieso niemand versteht. Kein böser Nachbar, kein gehässiges Kind. Du hörst in der Nacht vielleicht den verwunschenen Vogel, der seiner verlorenen Liebe nachtrauert. Du bist hier allein in der Natur. Und wirst fast verrückt dabei.

Der Junge kommt heute aus der Fremde zurück. Der Freund, der sein Feind war, wird wieder zum Freund. Die Eltern erwarten ihn. Auch ein Hund braucht Verständnis, Umarmung und Liebe nach einem verlorenen Kampf.

Warum ist alles so kompliziert geworden? Warum gibt es so viele Sprachen? Warum versteht mich die Frau nicht, die ich liebe? Alle Fragen können beantwortet werden, heißt es, nur meine nicht.

Ich beobachte schon seit einiger Zeit diese

aufregend schöne Frau. Ich habe sie noch nie gesehen. Sie liegt weit ab vom Meer. Was macht sie dort allein? Sie steht manchmal auf, setzt sich wieder. Ist sie geschieden? Hat sie Kinder? Lebt sie allein? Ich kann nicht mehr wegschauen, komme mir fast schon aufdringlich vor. Da steht plötzlich ein Mann neben ihr, umarmt sie und küsst sie. Und sie lässt ihm freie Hand!

Gerade als man es erwartet hätte, erwartete man es nicht mehr. Gerade als es noch wichtig war, war es schon nicht mehr wichtig. Als es endlich anfangen sollte, fing es noch immer nicht an.

Komm zu mir und ich komme dir entgegen. Geh nicht vorbei, wenn du vorbeigehst. Komm nicht allein in Gedanken zu mir.

Ich bin das Meer und du die Rose, die sich biegt im Wind. Ich überschlage mich vor Freude, wenn ich dich sehe. Abends, allein am Strand.

Er sagte: Es muss immer etwas Verbotenes dabei sein. Erst das Sündige macht die

Liebe schön.

Hinter den Wellenbrechern beginnt das
Meer. Danach folgt ein fremdes Land. Das
heißt so, weil es fremd ist. Die Geschichte
spielt zu einer Zeit, in der die Welt noch un-
erforscht ist und die Menschen an Wunder
glauben. Auf den Wellenbrechern sitzt ein
Mann und schaut hinaus aufs Meer. Keiner
weiß, woher er kommt. Auch nicht, wie er
heißt. Heute aber wissen alle schon alles
über dich.

Er redet mir nach dem Mund. Er ist groß
und macht sich klein. Ich weiß nicht
warum. Die Leute sagen: Linker Säger!
Scheinheiliger Hund! Pass auf! Er ist zum
ersten Mal am Meer. Ich blicke mich um
und weiß, was er sagen will. Ich höre ihm
zu und er redet für mich. Ich muss nichts
mehr tun. Er macht, was ich will. Er bewegt
sich wie ich. Lacht wie ich. Lästert wie
ich. Bis es mich nicht mehr gibt.

Die Rose liegt geknickt am Strand. Das
Meer ist aufgewühlt und peitscht die Wel-
lenbrecher. Gestern war es noch heiß hier

wie in der Sauna. Heute haben wir Antark-
tis. Was willst du noch hier?

Er weiß nicht, was er sagt. Auf dem einsa-
men Strand hört er Stimmen. Er fühlt sich
leer und ausgebrannt. Er lacht, als ein Bettler auf ihn zukommt. Aber der hält nicht
seine Hand auf, sondern zeigt ihm, was er
noch nicht kennt: Zufriedenheit.

Sie reden am Morgen, sie reden am Abend,
sie reden in der Nacht. Sie reden über das
Wetter, sie reden über die Kinder, sie reden
über die Nachbarn. Sie reden und reden, reden selbst noch im Grab.

Es ist unglaublich, und doch glauben es die
Leute. Es kann keiner beweisen, und doch
wissen es alle. Sie schauen nicht hin. Was
wirklich dahintersteckt, wollen sie nicht wissen. Auch nicht, ob es sie weiterbringt.

Ein kleiner Junge winkt mir vom Auto aus
zu. Es ist ein Lächeln, das es bei Kindern
fast nicht mehr gibt. Das Auto fährt an den
Strand, obwohl schlechtes Wetter ist. Ein
Sonnenschirm biegt sich auf der Hotelter-

rasse im Wind.

Nicht hier, sondern weit weg hätte ich gerne eine Freundin, die auf mich wartet. Die sich freut, wenn ich komme, mir ein Essen bereitet, mit mir spazieren geht. Vor ihrer Haustür wäre das Meer und dahinter die Straße. Bald wäre ich nicht mehr fremd.

Kinder lieben Drachen. Das weiß ich, weil ich selber als Kind einen Drachen steigen ließ. Aus Seidenpapier und Sperrholz. Bindfaden daran und die Enden des Papiers mit Mehlpapp verklebt. Das Problem mit der Waage, drei Schnüre, die den Drachen in den Himmel bringen. Ich hatte keinen Vater, der mir geholfen hätte dabei, so wie der Mann heute Nachmittag einem Jungen gezeigt hat, wie man einen Drachen steigen lässt.

Das Meer erscheint am Morgen blass, träge, farblos. Am Mittag aufbrausend, wild. Abends vermischen sich manchmal die hellen und dunklen Stimmen der Menschen mit dem Rauschen des Meeres und den Klageschreien der Möwen, dass man glauben könnte, ein Gesangsverein hält seine Probe ab.

Tod am Morgen. Tod am Abend. Tod vor dem Erwachen. Tod in der Nacht. Tod am Strand. Tod im Meer. Tod in der Fremde. Todesarten. Todeszeiten. Tod der Eltern. Tod der Geschwister. Tod der Kinder. Todesurteil. Todeserwartung. Todesangst. Tote im Krieg. Tote im Frieden. Früher Tod. Überraschender Tod. Lautloser Tod.

Er konnte plötzlich nicht mehr sehen, was er vorher gesehen hat. Den Stuhl, das Buch, den Bleistift. Die Menschen waren für einen Augenblick ausgelöscht. Und die Worte bekamen eine tiefere Bedeutung. Er spürte den Wind, sah aber nicht, wie er mit den Rüschen des Sonnenschirms spielte. Das Meer begann auf ihn einzureden. Und das Kind in ihm rief verzweifelt: Mama!

Was du liebst, liebst du nicht. Würdest du es lieben, gäbe es dich nicht. Weil du aufgehen würdest im Andern. Du machst den gleichen Fehler wie alle. Du glaubst, du würdest lieben, aber das ist nur deine Vorstellung von Liebe, die vor dir steht als Mann, als Kind, als die Geschichte einer Frau. Erst wenn es das alles nicht mehr gibt, ist es die Liebe.

Er ist nicht hier, auch wenn er hier ist. Er wird nicht beachtet, auch wenn sie ihn sehen. Sie leben da, wo er nicht ist. Es ist ein Gefühl, das er nicht kennt. Erst in der Fremde fühlt er sich wohl.

Neben mir lassen sich lärmende Menschen nieder. Jemand spricht ohne Unterlass. Ich habe keinen Kopfhörer dabei, muss mich erinnern an eine Zeit, als es hier noch die Geräusche des Meeres und der Himmelsbewohner gab.

Sie will, dass ich allein bin. Aber im Grunde will sie allein sein, sagt es nur nicht. Sie sagt etwas anderes. Aber ich will nicht, dass sie so ist. Sie ändert sich nicht. Ich weiß genau, sie will, dass ich allein bin. Nur warum, weiß ich nicht.

Sie ist schwach, aber konsequent. Sie macht das, was sie sagt. Das nimmt man

ihr übel. Sie geht an dir vorbei, ohne zu grüßen. Dir fällt auf, dass ihr Äußeres nicht
mit dem Inneren übereinstimmt, wenn sie
spricht.

Was ich gesehen habe, habe nur ich gesehen. Was ich gesagt habe, habe nur ich gesagt. Was ich erlebt habe, habe nur ich erlebt. Was ich geglaubt habe, habe nur ich
geglaubt. Was ich verleugnet habe, habe
nur ich verleugnet. Was ich empfunden habe, habe nur ich empfunden. Alles, was ich
getan habe, habe nur ich getan!

Die Schriftstellerin, die nicht bekannt ist,
möchte bekannt sein. Der Bäcker, der die
Gesellenprüfung hat, möchte Meister sein.
Das Kind, das vom Kindergarten kommt,
möchte kein Kind mehr sein. Der Politiker,
der nichts erreicht hat, möchte Alleinherr-
scher sein.

Erst wenn du an nichts denkst, ist die Welt
in Ordnung. Ein Mensch, der immer nur
lächelt, ist falsch. Warum er so ist, sagt
er nicht. Kinder sind manchmal gefährli-
cher als Erwachsene. Erst wenn du nichts

denkst, ist die Welt in Ordnung.

Er sagte: Ich weiß, ich bin normal, auch wenn die andern glauben, ich sei nicht normal. Es macht mir nichts aus, wenn sie sagen, ich sei verrückt. Ich möchte nicht so sein wie sie, gelangweilt, phantasielos, desinteressiert. Sie halten sich am Rande der Gesellschaft auf und glauben, sie wären mittendrin. Alles ist falsch an ihnen, ihr Auftreten, ihr Lächeln, ihre Sprache. Es stört mich nicht, wenn sie sagen, ich sei verrückt.

Er brachte sie auf ein Buch, dann auf ein zweites. Es war keines dabei, das ihr gefiel. Auch mit der Musik war es so. Sie konnte nichts anfangen damit. Und doch lebten sie zusammen.

Etwas tun wollen, und nicht beginnen. Bei einer anderen Idee hängenbleiben. Das große Gemälde endlich vollenden. Nicht mehr zurückschrecken. Tun, was getan werden muss. Eine Frau schwängern. Heiraten. Den Beruf wählen, der nie in Frage kam. Sich im Finstern verirren.

Sie wissen genau, an welcher Stelle sie ins Wasser gehen müssen. Sie haben Angst vor Schlangen. Sie halten sich in Gruppen auf. Erzählen sich unglaubliche Geschichten. Benehmen sich wie alte Frauen in der Kirche. Sie haben die Freuden des Lebens noch nicht erlebt. Nichts ist bei ihnen hängen geblieben. Kein Mann hat sie erkannt. Die Zukunft hat noch nicht begonnen.

Sie begehrt ihn, schreibt ihm Briefe und zerreißt sie wieder. Er hatte ihr gefallen und er gefällt ihr noch immer. Je mehr sie denkt, sie würde ihm nicht gefallen, umso mehr gefällt er ihr. Sie wartet am Strand auf ihn. Doch er geht vorbei. An dem Tag, als sie nicht weiterkommt, sieht sie eine Frau an seiner Seite. Da vernichtet sie den Mann, der heute an ihr vorbeigeht und ihr nicht mehr gefällt.

Kleine weiße Wolken am Himmel, die keine kleinen weißen Wolken mehr sind, wenn man von kleinen weißen Wolken spricht.

Sie kommt immer zu spät, auch wenn sie

die Erste ist. Die Nacht ist vorbei, bevor sie beginnt. Nichts ist greifbar, nichts hat ein Gesicht. Das, an was sie denkt, gibt es noch nicht.

Man gewöhnt sich an etwas. An einen Platz. An eine Stimme. An das Licht über dem Meer. Man würde sterben, wenn es nicht mehr gäbe, was einen zusammenhält.

Es hängt davon ab, wie du dich einschätzt. Ob du zufrieden bist mit dem, was du machst. Ob du als Bestätigung jemanden brauchst, der deine Sachen schätzt. Das ist ein Fehler, denkst du, wenn man sich immer zeigen muss. Wenn man abhängig ist von den andern. Allein kannst du viel erreichen, bist aber nichts ohne sie.

Warum ist die Stille still? Die Nacht finster? Der Tag hell? Die Erde rund? Warum bestimmen die Reichen über die Armen?

Ihm wurde gesagt: Du musst das Positive sehen! Sei still, es wird schon! Sag nichts! Nur was am Negativen positiv sein soll, hat er nie begriffen. Auch nichts gesagt. Er ver-

hielt sich positiv dem Negativen gegenüber. Bis es ihn nicht mehr interessierte.

Ich könnte nicht sagen, dass es hier besser wäre als woanders. Nur graust mir vor
den einträchtig nebeneinander sitzenden,
in Wahrheit meilenweit voneinander ent-
fernten Menschen, die nur noch in ihr Kästchen starren, nichts anderes mehr gelten
lassen als ihre Religion.

Er sagte: Warum machst du nicht, was du
machen willst? Warum denkst du nur daran? Mach Fehler, dann lernst du. Glaub
nicht, dass ein Zufall dich weiterbringt, ein
Umsturz von außen. Wie oft habe ich dir
das schon gesagt?

In der Mitte des Zimmers steht ein kleiner
Tisch. Er lässt den Raum größer erscheinen, als er ist. Ich habe keine Ahnung, wie
ich hier hergekommen bin. Die Lampe an
der Decke ist schwarz. Eine Tür gibt es
nicht. Ich will gehen, und gehe doch
nicht. Ich warte auf den, der mich betrogen hat.

Als ich noch jung war, spielte ich jeden Samstagabend in einer Band. Auch am Sonntag. Es gab nur Musik für mich, sonst interessierte mich nichts. Ich konnte die Schlager aus jener Zeit auswendig spielen. Es kam alles von außen, was mich interessierte. Es war schön, auch wenn es nicht schön war aus heutiger Sicht.

Es riecht nach Weihrauch in der Kirche. Erwachsene knien vor mir und Kinder. Auch wenn unzählige Lichter brennen, strahlt der Ort Strenge aus und Kälte. Nichts, was mich beruhigen könnte.

Ich ärgere mich, weil der Preis einem Mann verliehen wurde, der etwas in die Wege geleitet hat, was die Menschen auseinanderbringt. Ich habe ihn falsch eingeschätzt. Ich höre seine Stimme, will aber nicht verstehen, was er sagt.

Eine angebrochene Flasche Whisky allein auf dem Tresen einer Bar. Davor steht ein Mann, neben ihm eine Frau, dahinter erstreckt sich das tiefblaue Meer. Wenn ich an dieses Bild denke, sehe ich allein eine geöffnete Flasche Whisky auf dem Tresen einer Bar.

Er sagte: Ich hatte noch nie eine Ausstellung, die die Aufmerksamkeit der Kritikaster erregt hätte. Sie sind nicht gekommen, weil ich sie nicht eingeladen habe, sondern weil ich sie eingeladen habe. Genau diese Herren reißen sich heute um mich.

Nur noch für dich selbst da sein sollst du, nicht für andere, die ablehnen, was nicht für sie spricht. Die Länder unterjochen, ganze Völker, die dich hassen, bis du daran stirbst.

Ich gehe nicht mit Scheuklappen durchs Leben. Ich gehöre keiner Partei an. Ich bin an allem interessiert, was geschieht. Ich bin nicht festgefahren, nicht fixiert auf eine Richtung. Und wäre sie noch so schön.

Eine natürliche Ordnung gibt es nicht. Es ist alles Chaos und wird wieder zum Chaos. Wenn du was willst, hast du nur den Gedanken, dass du es willst. Hast du es, denkst du an etwas anderes. Du willst und willst doch nicht. Bis du das Chaos entdeckst.

Er wollte nicht mehr, nicht besser, nicht natürlicher, nicht glaubwürdiger, nicht entwaffnender, nicht katholischer, nicht evangelischer, nicht vorurteilsloser, nicht vollkommener sein als andere. Nur wie das gehen sollte, wusste er nicht.

Stehst du zu dem, was du sagst? Schämst du dich hinterher und denkst: War ich dumm, dass ich das gesagt habe! War es so wichtig, dass es alle wissen sollten? Verteidigst du dich? Oder verschweigst du, indem du etwas sagst, was nicht stimmt? Sprichst du gerne über dich? Über das, was du erlebt hast? Hast du etwas erlebt, was andere wissen sollten? Denkst du manchmal: Die Welt ist heute kleiner als zu meiner Zeit? Schweigst du, wenn man nicht schweigen sollte? Merkst du, wenn es so weit ist?

Wenn du dich zu sehr in etwas hineinsteigerst, verlierst du dich. Denkst an der Sache vorbei, bist nicht mehr im Bild. Du musst nicht haben, was du nicht hast. Es ergibt sich oder es ergibt sich nicht.

Ich bin nicht der, der vor dir steht. Ich bin nicht greifbar, genauso wenig wie du. Aber daran denke ich nicht. Ich fange an und höre wieder auf. Die Leute zerreden alles, stampfen es in den Boden und glauben, damit hätte es sich. Aber gerade das verfolgt sie. Es verhärtet sie, macht sie krank.

Warum sie? Warum nicht die andere? Merkt sie, dass ich noch nicht soweit bin? Ist es vielleicht eine, von der ich nicht weiß, dass es sie gibt? Gedanken habe ich manchmal, als würde sie mich kennen. Was soll das bedeuten, dass ich an etwas denke, was es vielleicht nicht gibt?

Er beherrscht sie und hat doch nichts zu sagen. Wenn man etwas machen will, sollte man es machen, sagt er. Sie hält sich nicht daran, sagt nicht, was sie sagen will. Sie trägt ein blaues Kleid heute, obwohl sie an ein rotes dachte. Er hat nichts zu sagen, und wenn, behält er es für sich. Er ist nicht so, wie die andern glauben. Er ist fast schon wie sie.

Es ist schön, wenn man noch nicht ganz

wach ist. Wenn man sich anschauen kann, was man im Halbschlaf gemacht hat. Man wundert sich, was es darstellen soll. Wenn man dann etwas Neues macht, ist das nicht weit entfernt von dem, was man vorher gemacht hat, obwohl man etwas anderes machen wollte.

Du darfst nicht alles sagen, sonst werden sie neugierig. Wollen wissen, was du damit sagen willst. Die Gescheiten, die immer so viel reden. Du darfst es ihnen nicht sagen, sonst verstellen sie sich.

Man muss nicht alles wissen. Ein paar Sachen genügen im Leben. Das Wissen der anderen muss dich nicht interessieren. Du musst nur wissen, wer zu dir hält, wer dir glaubt, wem du glauben kannst. Dazu brauchst du noch einen Platz, an dem du dich wohlfühlst. Mehr, meinte die Frau, brauchst du nicht.

Ich sagte: Es geht nicht anders. Es funktioniert sonst nicht. Es klappt nur bei mir, bei einem andern ergäbe das keinen Sinn. Man würde sagen: Das sieht gemacht aus, kommt nicht von innen heraus. Nein, es würde nicht funktionieren. Alle würden sich abwenden, sich unangenehm erinnern an dich.

Ich bin frei und kann machen, was ich will. Frei wie der Wind. Frei wie der Vogel, der über das Nebengebäude fliegt, der keinen Chef hat und keine Verpflichtung, außer am Leben zu bleiben. Ich glaube nicht alles, ich bin genügsam. Es hat mit der Angst vor dem Leben überhaupt nichts zu tun.

Sie gehört zu den wenigen, die nicht ständig in ihr Handy starren. Dafür joggt sie mit einem weißen Kopfhörer am Strand entlang. Soeben ist sie wieder vorbeigelaufen. Wenn sie zurückkommt, werde ich sie fragen, welche Musik sie hört. Vielleicht können wir ein ungezwungenes Gespräch beginnen.

Schreiben heißt nicht, Vorsitzender einer Akademie zu sein. Schreiben findet nicht im stillen Kämmerchen statt. Schreiben heißt nicht Lügen erfinden, und hat auch nichts mit Realität zu tun. Schreiben ist nicht abrufbar. Es ist kein Muss, tritt nicht auf der Stelle. Es meldet sich, wenn es so weit ist. Schreiben findet nicht außerhalb statt, sondern immer allein bei dir.

Ich weiß nicht, was ich im nächsten Moment denken werde. Aber das weiß ich bestimmt. Die Sonne weiß nichts von ihrer Existenz. Die Felder und die Wiesen würden sich zurechtfinden ohne dich. Tiere denken auch, was aber eine Vermutung ist. Genauso wie der Gedanken, der noch nicht gedacht worden ist.

Die Reden der Politiker sind keine Reden, sondern Plagiate der Zeit und ihrer Umgebung, bereinigt für die Zukunft. Sie sind kalt, unpersönlich. Politiker lesen die Schrift von hinten nach vorne.

Ich darf nicht, also will ich nicht. Ich denke im Voraus, weiß aber nicht, was geschieht. Ich habe erst angefangen, bin aber noch nicht am Ende.

Glaub, was du willst, aber glaub es. Ein Schlagersänger, der zum Bettler wird. Ein

Hotelbesitzer, der die Barfenster putzt. Ein Zweizentnermann, der sich über den Strand schleppt. Das Kind in ihm, das nicht nach Hause will.

Der erste Gedanke war so schön, dass er alle andern in den Hintergrund drängte. Aber dann kam der schwarze Mann, der dich eingeschüchtert hat. Der nicht daran glaubte, was du glaubst. Und alles wurde ausgegrenzt. Die Wolken vom Himmel. Der Strand vom Meer. Die Nacht von der Sonne. Und doch kann eines nicht ohne das andere sein.

Wäre das hier die Hölle, wären wir nicht mehr hier. Eine Hölle, in der wir täglich die geballte Handyladung abbekommen. Dabei laufen wir bereits blind durch die Gegend, lassen nichts anderes mehr gelten, als nur noch uns selbst, beherrscht vom marxistisch-kapitalistischen Gesellschaftssystem.

Der Mann weiß alles, kann alles, beschämt dich, nimmt keine Rücksicht, ist das Maß aller Dinge. Wenn du nicht auf ihn eingehst, lässt er dich stehen wie bestellt und nicht abgeholt. Aber du brauchst ihn, jeden Tag. Er ist dein Chef.

Sie kann sich alles erlauben. Er hat sie trotzdem im Griff. Manchmal ist es umgekehrt. Es kommt darauf an, wer den längeren Atem hat. Wer sich preisgibt, hat schon verloren. Ein Tag ist manchmal länger als eine Woche. Er zählt die Stunden nicht mehr, wenn sie bei ihm ist.

Sie nehmen ihn nicht ernst. Sie erinnern sich an diesen oder jenen, aber nie an ihn. Das ist der kleine Unterschied, dass es immer einen Unterschied gibt. Wenn es irgendwo einen Durchhänger gibt, dann bei ihm. Man traut ihm nicht. Seine Sachen erscheinen wie aus zweiter Hand.

Mehr wissen als andere und es nicht sagen. Vorteil oder Nachteil? Was wäre schlimmer? Es käme auf die Situation an, auf die Zeit, auf den Augenblick. Man wüsste gerne mehr als die andern. Verschwiegenheit oder Offenheit? Auf welcher Seite stehst du? Würdest du es sagen oder nicht?

Wir wissen es nicht, würden Ihnen aber, falls es anders ausgeht, zur Seite stehen. Sie sehen, wir sind human, legen Geld für Sie zur Seite. Wir haben Zeit, nehmen uns auch Zeit. Wir wollen nicht, dass es sich zum Schlechten entwickelt. Es stimmt nicht, dass wir deswegen mehr Einfluss hätten. Sie sagen uns, was und wie viel Sie wollen. Wir kommen erst an zweiter Stelle!

Wer hier wen betrogen hat, weiß man nicht mehr. Es hieß nur, der Radiosprecher hätte einen Fehler gemacht. Ein Versprecher, keine Absicht. Ein Zahlendreher, der das Klischee bestätigte und den Konzern auf einen Schlag in Verruf brachte. Und das, was tatsächlich in den Büchern stand!

Er geht jeden Tag denselben Weg, der ihm die Eintönigkeit noch klarer macht als die Kirche. Warum bricht er nicht aus? Weil er nicht das Bedürfnis hat dazu? Manchmal möchte er alles kurz und klein schlagen. Abends, nach der Arbeit. Aber er macht es nicht.

Er war in jungen Jahren verschrien als Revoluzzer. Präsentierte sich auch so auf der Bühne. Aber dann wurde es still um ihn. Rauschgift, Gefängnis, Absturz ins Nichts. Neustart, Wiederauferstehung als Revoluzzer, obwohl es nichts mehr zu revoltieren gab.

Bis auf ein paar Strandläufer, eine Mülltonne und einen Sonnenschirm, der verkehrt herum im Sand steckte, war der Strand leer. Das Meer hatte sich zurückgezogen, die Sonne in den Wolken versteckt, nur ein frischer, unverbrauchter Wind kam auf, als die Frau wie eine Erscheinung aus dem Meer trat, an ihm vorbeiging und hinter dem Horizont verschwand.

Was er nicht kennt, mag er nicht. Will er etwas Bestimmtes, setzt er sämtliche Hebel in Bewegung, dass er es bekommt. Hat er es, wird es uninteressant. Er ist wie alle andern auch, besitzergreifend, rechthaberisch, eitel. Er lügt wie gedruckt, und alle glauben ihm.

Es sind immer die falschen Leute. Es ist immer der falsche Zeitpunkt. Es ist immer der falsche Satz. Es hat nichts mit dir zu tun, dabei denkst du immer daran. Was einmal war. Wie es war. Wo es war. Erst hinterher bist du gescheiter. Was vorbei ist, hat nichts mehr zu sagen.

Kaum ist die Sonne verschwunden am Strand, ziehen schwarze Wolken auf. Und mit ihnen erscheinen die fliegenden Händler. Sie wollen dir Regenschirme verkaufen, Wolldecken für die Nacht. Die Frau neben mir ruft: Nichts ist ihnen mehr heilig! Aber das hören sie nicht.

Sie hätte es sein sollen. Klein und charmant. Schwarzhaarig, mit kleinen Zähnen. Intellektuell, unaufdringlich und verletzend mit einem Wort. War es Absicht oder nicht? Wäre sie die Rettung oder sein endgültiger Untergang?

Ich bin allein am Strand. Höre Kinderstimmen, die es nicht gibt. Das Rauschen des Meeres beruhigt mich nicht. Auch nicht das Rufen der Mütter nach den Kindern, die hier ertrunken sind.

Wann es zu Ende geht, was dann kommt, weiß niemand. Weil man es nicht übersetzen kann in eine andere Sprache, nicht vorbereitet ist auf das, was kommt. Weil man keinen Menschen hat, der einem sagen könnte, wie man sich verhalten soll. Ob es weh tut oder schön ist oder gar nichts davon.

Die Höhen und Tiefen kann man erst später erkennen, wenn man weit genug weg ist. Das Leben aus der Rückschau. Man kann es nicht ausrechnen. Es gibt keine mathematische Formel. Wäre es so, könnte man es nicht mehr aushalten.

Es hat mit der Wirklichkeit nichts zu tun. Die Bewegungen des Körpers im Traum, obwohl man bewegungslos ist. Die absurdesten Geschichten, Satzfetzen vermischt mit Ereignissen, die nie stattgefunden haben im Leben und in die vermeintliche Zukunft reichen. Es ist noch nichts erforscht, nichts endgültig erklärt, nur subjektive Abhandlungen, nichts Belegbares, kein glaubwürdiges Argument.

Vereinigungen, die nichts anderes mehr gelten lassen, als ihre angstverbreitenden Lehren, sich selbst aber untereinander nicht trauen. Wie Nonnen, die nachts ans Meer gehen, um sich dort heimlich mit Männern zu treffen.

Ich würde es anders sagen. Nicht so direkt, nicht so ehrlich. Es sollte ein Geheimnis übrigbleiben, und wäre es nur der Name einer Frau, die man gerne für sich alleine hätte.

Er sagte: Sie spricht nur mit alten Männern, lässt sich nicht ein auf ein Gespräch mit mir. Vielleicht sieht sie in ihnen die Reife, die ich noch nicht habe. Stellt sich in Positur, fängt von sich aus zu reden an. Sagt Ja und meint Nein. Im Grunde ist es egal, was gesagt wird. Nur dass etwas gesagt wird, sie in Kontakt bleibt mit den alten Männern.

Sie hat einen Psychiater, der ihr das Geld aus der Tasche zieht. Er vernascht sie jedes Mal wieder in Gedanken auf der Couch. Sie hat so viele geheime Gelüste, dass ihm übel wird dabei. Vormittags steht sie schon an der Bar. Ein Prachtweib mit Pferdekopf, das bei den Männern die wildesten Phantasien weckt. Sie schlürft provozierend langsam ihren Whisky. Es sind Gerüchte in Umlauf: verlorene Liebe. Künstlerin, die erst im Suff arbeiten kann. Ihr roter Sonnenschirm ist weithin sichtbar am Strand. Nur der Psychiater darf sie dort besuchen. Sie sagt: Sie sind der einzige Mann, dem ich noch traue.

In der Nacht von Samstag auf Sonntag kam aus der Diskothek so ein Lärm, dass sich der Hotelgast an Kriegszeiten erinnert fühlte. Schlachtrufe, Erschießungskommandos, zwei bombardierende Songs gleichzeitig und ein dritter dazu, dass man verrückt werden konnte. Genau das, was ihn zum sofortigen Abbruch seines Urlaubs veranlasste, wurde in den Medien als Party im XL-Format propagiert: Träume braucht der Mensch!

Ich will nichts mehr hören, sagte sie. Es tut mir leid. Hier, meine Karte, die Adresse stimmt leider nicht, aber die Telefonnummer. Ich bin spät dran. Rufen Sie an, wenn

Sie wollen. Nächstes Jahr bin ich vielleicht wieder hier.

Er bewegt sich langsam. Ein kurzer Schritt, dann hält er sich fest. Er wartet auf die Pflegerin. Er braucht fünf Minuten, bis er am Meer ist. Das Kind keine zehn Sekunden. Auch er war mal ein Kind, lebhaft, geschwätzig, lebendig. Bis es geschah. Er spricht nicht darüber, weil es bloß ein Gestotter wird. Der Strand ist seine einzige Freude. Ohne Pflegerin wäre er aufgeschmissen. Man sieht ihm nichts an, wenn er da sitzt in seinem Stuhl. Auch dem Kind nicht, das gerade vorbeigelaufen ist, und ihn an seine Kindheit erinnert.

Er sagte: Jeder muss schauen, wo er bleibt. Der Kellner, die Bedienung, der Barkeeper. Gnadenlose Konkurrenz. Das Wetter muss nicht erwähnt werden, jeder Tag, wie man ihn sich wünscht. Der Wind kaum zu spüren, aber auch nicht so stark, dass man einen Pullover braucht. Sie sind der Gast, der jedes Jahr wieder kommt. Und die andern noch immer die Bediensteten, oder wie hat man sie früher genannt?

Ich habe keinen Plan, denke trotzdem manchmal daran, was ich morgen machen könnte. Nicht gebunden sein an das, was man einmal gesagt hat. Kein Problem, das wiederkehren würde. Allein, in sich ruhend, frei von jeglicher Gewalt.

Wenn man etwas sieht, das man als schön empfindet, bleibt es schön. Selbst das Gewitter in der Ferne. Der weiße Himmel am Horizont und die pechschwarze Wolke. Der plötzlich einsetzende Regen. Das Grollen des Donners. Die weiße Gischt über den Wellen. Der Sturm, der sich in den Bäumen festkrallt.

Eine Freundin ruft in einem Hotel an, in dem ihre Freundin mit einem Freund wohnt. Sie lässt ausrichten, sie soll an die Rezeption kommen, aber allein. Der Freund denkt sich nichts dabei. Erst als sie nach einer Stunde nicht zurück ist, geht er an die Rezeption. Er findet weder die Rezeptionistin noch seine Freundin. Auch nicht die Frau, die angerufen hat. Er besucht alle Orte, von denen er glaubt, dass sie dort sein könnte, aber vergeblich. Er kommt jedes Jahr wieder in dieses Hotel.

Das Vergehen der Zeit in Zeitlupe, als Schritt in die Vergangenheit, die man erkennt am Verkehr auf den Straßen, an den Möbeln im Zimmer. Dann ein Schritt in die Gegenwart, die die Zukunft darstellen soll.

Das gemeine Volk glaubt, Poesie sei etwas von Verrückten oder Betrunkenen, die im Suff alles verdrehen, was nach Logik aussieht, das Untere nach oben kehren, sich mit der Sprache wichtigmachen wollen.

Noch einmal der verlassene Mann: Wie er im Zimmer steht, den Tisch betrachtet, die leeren Teller, das Messer. Ihr Handy, daneben die Handtasche. Auf dem Küchenpapier ihr Lippenstift, ein Handtuch. Die Leere und Stille, die entsteht beim Betrachten des Zimmers. Gedanken an die nichtanwesende Freundin, die vor kurzem noch anwesend war. Ein Blick durch das ungeöffnete Fenster hinaus in die dunkle Nacht.

Das Schwarze wird weiß und das Weiße schwarz. Wer links geht, geht rechts. Das

Geräusch eines Zuges, der nicht zu sehen ist. Vielleicht ist es das Rauschen des Meeres, kilometerweit entfernt, oder der Wind, der seit Tagen nicht mehr weht. Erst wenn sich sein Gesicht im Schaufenster eines Geschäftes spiegelt, weiß er, dass er noch lebt.

Am Himmel fliehende Wolken. Zum Meer hin eine scharfe Kurve, die das Wasser weit unten einen Moment lang aufblitzen lässt. Schatten von Bäumen am Wegrand. Steil abfallende Küstenstreifen. Eine Frau allein auf dem Weg in jenes Hotel, in dem sie ihren Mann verlassen hat.

Er fängt etwas an, macht aber nicht weiter, weil sich ein anderer Gedanke gemeldet hat, der den ersten verdrängt. Aber auch der zweite Gedanke kommt nicht zum Zug, der dritte und vierte nicht. Weil alle auf den letzten Gedanken warten.

Sie würde sich einen anderen wünschen, aber es ist nur ein Gedanke, den Sie wieder vergisst. Hätte er es gemerkt, wäre es der Anfang gewesen, aber das ist schon Vergangenheit. Sie dachte es, als sie ihn noch nicht kannte, eine Art Vorahnung, die es manchmal gibt. Genauso einen wünschte sie sich aber nicht. Eher einen harten, gefühlskalten, unbeirrbaren Kerl, der nur sie allein liebt und sonst keine. Aber den gibt es nicht.

Hier ist das Grün sehr zart, hell, blass und jung. Daneben auffallend frisch, kräftig, stärker im Wuchs. Kein Rasen, der gepflegt wird von einer verrückten Engländerin, die keinen Liebhaber mehr hat, nur einen Vorgarten mit weißen Rosen und fünfzig Hektar Wald.

Ist er mit ihr auf der Hotelterrasse oder auf dem Balkon, fühlt er sich entmündigt. Er sieht im Sonnenschirm ihren Faltenrock, Spuren im Sand als ihre Fußabdrücke. Er hat mit ihr nichts mehr zu tun, genauso wenig wie sie mit ihm. Nur sagt sie es nicht. Sie könnte Hoteldirektorin sein, aber auch Kellnerin. Ihr wäre alles zuzutrauen. Geliebte des Chefs eines Autokonzerns, Bettlerin, Sängerin. Zurzeit ist sie alles. Und er ihr Hündchen.

Er sagte: Ich erinnere mich an einen Mann, der vor Jahren durch die Straßen unserer Vorstadt ging, nicht mehr wusste, wo er war. Und niemand konnte ihm helfen. Er sei auf einer Geburtstagsparty eingeladen gewesen, nach dem Mittagessen spazieren gegangen und wüsste jetzt nicht mehr weiter. Man fragte ihn: Erinnern Sie sich an ein bestimmtes Haus? An eine Ampel? An eine Kreuzung? Nein, sagte er, ich weiß nicht mehr, wo ich bin! Das ist der Anfang meiner Lebensgeschichte.

Es geht immer um etwas anderes, nie um das, woran du denkst oder worauf du vorbereitet wärst. Es hat nichts mit dir zu tun. Die Menschen denken an sich, wenn sie sagen: Ich habe dabei an dich gedacht! Es stimmt nicht. Die Stunde nicht und auch nicht der Tag.

Ich glaube nicht an den Tod, ich glaube nicht an das Leben, ich glaube nur an das, was stattfindet, während wir sterben und leben zugleich und dabei alles wieder von vorne beginnt.

Sie war barfuß, stand bewegungslos am Strand. Die gluckernden Wellen umspülten ihre Füße. Er ging auf sie zu und merkte, dass sie ein Buch in der Hand hielt. Sie bewegte sich nicht. Als er näher kam, sah er, dass sie schrieb. Freihändig und ohne abzusetzen. Sie hatte kein Handy, stand einfach nur da und schrieb!

Dass sie nichts mit ihm zu tun haben wollte, zeigte sie, indem Sie länger als üblich seine billige Armbanduhr betrachtete. Daraufhin folgte ein Moment der Stille, ein abschätziger Blick von oben nach unten. Dass ihre Kinder in Cambridge studierten, war ein weiterer Hinweis. Das sagte sie, als wäre es das Selbstverständlichste von der Welt. Ein belangloses Ereignis hatte sie zusammengebracht, beide hatten im Grunde nichts miteinander zu tun. Trotzdem klopfte sie am Abend an seine Tür, schaute ihn ungerührt an und sagte: Können Sie mir helfen?

Als Sie erwachte, meinte sie, es sei hier nur im Sommer schön. Sonst alles noch eintöniger als zu Hause. Wo sie zu Hause war, wusste er nicht. Sie stand auf und fragte: Haben Sie kein Handtuch für mich?

Obwohl sie ihn nicht verletzen will, verletzt sie ihn. Sie lacht, wenn er sagt: Ich bin viel zu gutmütig, aber du merkst es nicht! Was soll ich merken?, fragt sie. Sie hat etwas in Erfahrung gebracht über ihn. Ein Heiliger war er nicht. Aber was hat die Vergangenheit mit der Gegenwart zu tun?

Auch hier sind die Leute nicht ehrlich. Auch hier gibt es Hitzköpfe, Rechthaber, Verlierer und Sieger. Auch hier wollen sie sich mit aller Gewalt durchsetzen. Kommt aber die Trennung, sind sie sich selber im Weg. Und alles tut ihnen furchtbar leid.

Er sagte: Du bist wichtig. Auch das Kind, das mit dem Kübel das Meer ausschöpft. Die Mutter, die das Mädchen tröstet, weil es hingefallen ist. Jeder ist wichtig. Glaub nur nicht, du wärst wichtiger als die andern.

Sie spielen ein Stück für zwei Gitarren. Die Hausherrin steht in der Küche. Die Gitarren werden neu gestimmt. Eine Saite ist gerissen. Leider sieht es nach Regen aus. Der alte Bauer vom Nachbarhof wüsste es genau. Der mag aber keine Gitarrenmusik.

Gestern sah er sie am Strand. Vorgestern am Markt. Er entdeckte sie in einer Diskothek. Er sah sie am Morgen, er sah sie am Abend. Aber sie war es nicht. Auch sie erkannte ihn nicht.

Ist es dir ernst? Dann pass auf, was du denkst. Pass auf, was du sagst. Bist du eifersüchtig, dann brich ihr das Herz. Pass auf, was du machst, wenn sie vor dir steht. Sei nicht herrschsüchtig. Sei kein Narr. Vergiss, was ich dir gesagt habe, wenn du sie triffst.

Was wäre, wenn es diesen Strandabschnitt nicht mehr gäbe? Die Frau behauptet, sie habe Schlangen im Meer gesehen, aber niemand glaubt ihr. Sie beschwört es, ist aufgebracht, gestikuliert mit Händen und Füßen, packt eilig ihre Sachen zusammen und verschwindet. Während andere Badegäste ins Wasser gehen.

Der Nebensatz wird zum Grundsatz. Die

Lüge zur Wahrheit. Es geht dem Ende zu und fängt doch wieder an. Man muss sagen, was man denkt. Es ist noch lange nicht zu Ende.

Der Halbstarke jagt jeden Tag mit dem Motorrad durchs Dorf. Die Tochter des Lehrers ist Model. Der Nachbarjunge lebt in Amerika. Die Schule wurde geschlossen. Der Gemüseladen eine Kunstgalerie. Nur die Reichen haben sich noch nicht eingefunden. Gottseidank, sagt der Herr Pfarrer.

Sie haben alle einen Sonnenschirm, liegen aber den ganzen Tag in der prallen Sonne. Erst wenn die eine kommt, denkt er: Warum sind die anderen nicht so schön wie sie? Weil sie nicht fliegen können? Noch nicht erfahren haben, was Liebe ist?

Ein Fremder erscheint vor dem Haus. Die Hausherrin bittet ihn herein. Aber er bleibt stehen, erzählt eine Geschichte, die sie nicht kennt. Die Hunde spitzen die Ohren. Als der Mann fertig ist, fährt er weg, ohne zu grüßen. Die Hunde laufen hinter ihm her. Zur gleichen Zeit erscheint der Hausherr. Die Frau muss ihm erzählen, was geschehen ist. Sagt ihm aber nicht alles.

Sie lachen, machen sich lustig. Drei Frauen unter einem Sonnenschirm. Der Mann neben ihnen dirigiert ein Symphonieorchester. Es ist noch früh am Morgen. Die Sonne wirft glitzernde Streifen übers Meer. Aber das sehen sie nicht. Die Frauen lachen die ganze Zeit. Und der Mann fühlt sich stark.

Es gibt Briefpapier im Hotel, falls gewünscht. Selbstverständlich Internet. Die meisten Gäste benutzen aber ihr Handy. Und das ergibt ein schreckliches Bild. Vom Geschwätz ganz zu schweigen. Wem das nicht gefällt, der muss weggehen.

Allein bist du mit deinen Gedanken immer woanders. Zu zweit fangen die Diskussionen an. Zu dritt wirst du vielleicht zum Zuhörer. Zu viert bilden sich Gruppen. Bist du mit Leuten zusammen, die im gleichen Alter sind, gibt es meist keine großen Redepausen. Aber wen interessiert das?

Er sagte: Die Liebe kann man nicht festhalten, die Liebe gibt es immer wieder. Auch wenn man sie nur einer bestimmten Person versprochen hat. Wie es weitergeht, weiß niemand. Vergleichbar einem Wirbelsturm, der keine Rücksicht nimmt auf dich.

Etwas vergessen wollen ist schwieriger, als es nicht zu glauben. Das Leben der andern hat mit ihm nichts zu tun. Er kam zufällig dazu, wollte den Termin nicht versäumen. Aber sie versperrten ihm den Weg. Es war nicht seine Schuld, es waren die Umstände. Er wurde mit hineingezogen und kam nicht mehr davon los.

Eine wahre Geschichte hat noch niemand geschrieben. Es ist auch keiner interessiert daran. Das Leben ist viel schöner ohne Ballast.

Er stülpte sich die Kopfhörer über und begann zu schreiben. Das Protokoll hatte hundert Seiten, mit ihm aber nichts zu tun. Er verwechselte die Zahlen, war meistens woanders. Es war kein Einfall. Nur fremde Sachverhalte, die ihm schwieriger erschienen als die Prüfung zum Bankkaufmann.

Um was geht es hier eigentlich? Die Bäume
wiegen sich im Wind. Die Vögel haben auf-
gehört zu singen. Es ist dunkel geworden.
Die Gäste flanieren im Garten, warten auf
das Abendessen. Und er ist noch nicht fertig.

Er erkannte in den andern sich selbst. Die
Stärken und Schwächen. Die Leute nahmen
alles hin. Nur ihre Lügen nicht. Belasten
mussten sich immer die andern, die nichts
zu tun hatten damit. So blieb es hängen an
ihm.

Die Kinder fingen zu weinen an. Die Vögel schrien in den Bäumen. Die Erniedri-
gungen aller Menschen wurden übertragen
auf sie. Es wurde lauter, eindringlicher. Die
Vögel verteilten sich auf den Dächern der
Häuser.

Es bleibt nach wie vor ein Rätsel. Wer es
einmal gesehen hat, will es wieder sehen.
Es ist groß, es ist stark, eine Erscheinung
mit magischer Anziehungskraft. Die meis-

ten haben sich abgewandt. Nur ein paar Verrückte glauben noch daran. Die Liebe, sagen sie, ist das Schönste, was es gibt auf der Welt!

Im Morgengrauen geht er am Fluss entlang. Er will allein sein, niemanden sehen. Ein Weg führt nach links, ein anderer nach rechts, doch er geht geradeaus. Er kommt nicht los von dem Gedanken, dass man das Vergangene nicht mehr ändern kann.

Wenn der Esel spricht, musst du schweigen. Du giltst hier nichts. Du musst denen glauben, die das Wort führen. Wenn du mehr weißt als die andern und es nicht zu deinen Gunsten verwendest, gehörst du nicht hierher.

Du lässt dich auf die Mode ein. Weil sie stärker ist als du. Du stehst vor dem Spiegel und willst weg von dir.

Du musst die Freunde deiner Feinde loben, dann kommst du ihnen näher. Aber brauchst du sie? Du bist nicht auf ihrer Seite. Du spielst mit aus Verzweiflung. Weiterbringen wird es dich nicht.

Wie willst du dich charakterisieren? Fang gar nicht erst an! Nennst du dich gut, wirst du schlecht gemacht. Es liegt an dir, ob du zufrieden bist. Im Grunde geht das niemand was an.

Er saugt alles auf, was ihn weiterbringt. Denkt an sich und wie er die andern beherrschen kann. Es dauert nicht lange, dann hat er dich.

Die Tür zum Flur klemmt seit deinem Besuch im letzten Jahr. Du hast nichts gesagt und nicht die anderen Besucher. So ändert sich auch dieser Fehler nicht.

Sie lästert, schimpft und nörgelt. Weiß alles besser. Stör dich nicht daran. Bist du etwa zufrieden mit dir?

Hast du dich einmal im Leben nützlich gemacht? Versucht, die Trauer eines andern zu lindern? Eine Stunde länger gearbeitet als nötig? Einmal nicht nur an dich gedacht? Hast du Eigenschaften, die anderen

Menschen Freude bereiten?

Bist du im Gleichgewicht mit der Welt oder wirst du schon verrückt, wenn du eine Woche lang allein bist? Kannst du allein sein? Willst du nur gefallen? Jünger sein als du bist? Die andern beeindrucken mit einem Wissen, das du dir nur angeeignet hast?

Ich sehe das Gute in dir, nicht das Schlechte. Ich glaube an die Zukunft. Ich will nicht stehenbleiben. Ich bin zu Hause, wenn du kommst. Ich verschließe mich nicht. Ich öffne mich, stimme aber nicht allem zu. Ich habe noch Träume, bin aber kein Träumer. Ich gehe von mir aus, sehe darin aber auch dich.

Erst meint er, es ist richtig, dann wieder, es ist falsch. Erst geht er nach links, dann geradeaus. Er schaut sich noch einmal um, bleibt stehen, geht nach rechts. Er ist sich nicht sicher, meint aber, den richtigen Weg genommen zu haben. Es wird dunkel. Er geht schneller, macht noch ein paar Schritte. Bleibt wieder stehen.

Der Untergang reißt alles mit sich. Gnadenlos wütet er in deinem Garten. Nimmt sich die Frau, die Kinder, spielt mit ihnen ein Spiel, das du nicht kennst. Du steckst im Fensterrahmen fest, musst hilflos zusehen. Der Untergang ist jetzt beim Nachbarn, kehrt zurück zu dir, befreit dich von deinem ungeliebten Leben.

Du glaubst, alles zu wissen. Lässt nichts gelten, was vor dir war. Schaust allem missbilligend zu. Gehst vorbei, weißt nichts, weißt alles. Bist jung und schon alt.

Die Leiden, von denen du sprichst, gab es schon vor dir. Nur du leidest am meisten, drängst dich auf mit Gewalt. Willst dich in den Mittelpunkt stellen mit deinem Wissen, bis die ganze Welt erwacht. Lässt dir nichts sagen und schweigst vorwurfsvoll.

Morgens gehen die Kinder zur Schule, abends kehren sie heim. Sie haben niemanden, der sich um sie kümmert, nur eine alte Frau ist für sie da. Die Kinder wissen nicht, was geschehen ist, kennen nicht die Gefahr, wenn man auseinandergeht, sich nicht mehr versteht, Kinder zurücklässt, sich nicht kümmert um sie. Nur die alte Frau ist für sie da.

Du kannst es nicht erwarten, bis du der Welt gezeigt hast, wer du bist. Wenn überhaupt, denkst du nur an morgen. Hast du etwas, das niemand kennt? Du musst es finden, der Welt zeigen!

Soll ich oder muss ich? Glaube ich oder weiß ich? Will ich oder will ich nicht? Gehe ich oder stehe ich? Bist du alles oder nichts? Strebst du nach oben oder fällst du? Bleibst du oder bist du noch nicht hier? Bist du verschwiegen? Sagst du alles? Denkst du an morgen? Denkst du an gestern? Denkst du an jetzt?

Oben ist nicht unten. Das wissen die, die oben sind. Unten geschieht kaum etwas von selbst. Das weiß der, der unten ist. Mach dich nicht wichtig. Stell dich nicht ins Licht. Der Ton deiner Stimme sagt uns, wer du bist.

Ich will nicht der sein, der ich bin. Ich will

weitergehen, bis ich mich erreicht habe. Wann das sein wird? Frag mich nicht. Ich will nicht der sein, der du bist. Ich will dorthin kommen, wo es nichts gibt. Aber frag nicht, wo das ist. Du bist der, der du nicht bist. Du bist der, der du bist. Du bist alles. Du bist nichts.

Sie haben dich im Griff. Wissen, wohin du gehst. Kennen deine Wünsche. Wer hält dich an der langen Leine, lässt dich nicht mehr los? Nennst du mir einen Namen? Ich bin doch nicht verrückt und stelle mich ins Schussfeld! Ich will nicht daran denken, und denke doch daran.

Hier geht es lang. Das ist die Richtung. Hier kriegst du alles umsonst. Wenn du uns folgst, wirst du ein besserer Mensch. Du kannst deine Meinung äußern, wann immer du willst.

Am Anfang ist es schön, später wird es kompliziert. Dann kommt die Veränderung, die keine Verbesserung bringt. Man trauert den alten Zeiten nach, fühlt sich nicht mehr wohl. Will eine andere Umgebung, einen Lebenspartner, der länger als ein Leben hält. Man will nicht mehr zurück, wo man schon war. Man weiß nicht, was man will.

Du gehst links von mir, dann gehst du rechts. Der Wind kommt von vorne. Regen kündigt sich an. Aber wir gehen weiter. Es bleibt uns nichts anderes übrig. Du sagst: Geh nicht so schnell! Ich sage: Bleib nicht stehen! Wollten wir wirklich da hin, hier ist es auch schön, findest du nicht? Nein, hier waren wir schon. Gehen wir weiter, gehen wir woanders hin.

Ist das jetzt die Zeit, die es immer schon gab, weil es die Zeit nicht gibt? Bloß Erinnerungen, unsichtbar wie deine Gedanken? Was immer du denkst, interessiert es dich?

Die einen sagen, er hätte schon als Kind so gehandelt. Die andern glauben, er hätte sich nur wichtig gemacht. Dann ist er immer zu Stelle gewesen, am richtigen Platz, mit einem besseren Angebot. So hat er sich nach oben gehandelt. Inzwischen gehört ihm fast die halbe Welt. Du hältst es nicht aus neben ihm.

Der große Baum wurde umgesägt, nur weil der Besitzer ihn nicht mehr wollte. Wie kann man der Besitzer eines Baumes sein, wenn man sich nachher nicht mehr um ihn kümmert? Nur weil man sich etwas in den Kopf gesetzt hat, das man nachher nicht mehr will? So dass der Baum ermordet auf der Wiese liegt.

Der Bauer auf dem Feld betrachtet eine Sonnenblume. Es ist nichts Besonderes an ihr. Sie heißt nur so, weil sie der Sonne ähnlich sieht, ihren Kopf in deren Richtung dreht. Man weiß nicht genau, was der Bauer mit der Sonnenblume vorhat. Noch steht sie da und er betrachtet sie. Es steckt nichts dahinter. Keine Lehre. Kein Versuch, mit ihr die Welt zu erklären. Nur eine Sonnenblume, die der Bauer auf dem Feld betrachtet.

Er sagte: Man sieht ihm alles an. Er ist angreifbar. Geht trotzdem stolz durch die Welt. Ich kenne ihn nicht, doch ich glaube, dass er unsicher ist. Vielleicht will er nichts beweisen, nicht besser sein. Ich erkenne ihn unter allen andern, wenn er vorbeigeht an mir.

Du überlegst nicht lange. Du machst es einfach. Während andere rumrätseln, hin und her überlegen, was sie machen könnten. Ob sie dafür sein sollten oder dagegen, während du schon weiter bist, von den andern beneidet. Aber das ist dir egal, du denkst nicht an sie, machst, was du machen musst. Das ist der Weg für dich, aber nicht für die andern.

Die Farbe des Himmels. Die Farbe des Meeres. Das Blau deiner Augen. Das Rot deines Mundes. Die gelbe Sonne. Der weiße Stern. Der rote Mond. Das Feuer in der Nacht.

Ein Mann ging am Strand entlang mit einem geöffneten Buch in der Hand, als wäre er alleine hier. Er blieb stehen, blätterte, studierte eine Seite und ging weiter. Er schaute aufs Meer hinaus. Während die Kinder spielten, blickte er wieder ins Buch. Und als das Meer zu rauschen begann, die

Strandläufer näher kamen, war er bereits im Buch verschwunden.

Schreiben, was dir in den Sinn kommt. Schreiben ohne Absicht. Sich nicht irritieren lassen. Über einfache Dinge schreiben. Vom Zug, der hinter der Straße vorbeifährt. Von Kindern, die den Strand zum Leben erwecken. Von Menschen, die nie hier gewesen sind.

Die Folterkammer stammt aus vorgeschichtlicher Zeit, wird ständig modernisiert. Heute laufen die Leute mit kleinen Kästchen durch die Gegend, bleiben stehen, drücken auf ein Knöpfchen, merken nichts von der Folter, weil sie ihnen menschlich erscheint.

Woher kommen Sie? Was wollen Sie? Haben wir Sie herbestellt, Ihnen einen Auftrag erteilt? Leben Sie hier? Haben Sie sich schon registrieren lassen? Kennen wir uns? Waren Sie schon mal bei uns? Glauben Sie, dass Sie sich hier wohlfühlen werden? Haben Sie einen Plan? Sind Sie allein? Werden Sie gefördert? Erhalten Sie Unterstützung? Glauben Sie, dass Sie hier weiterkommen? Wollen Sie weiterkommen? Sagen Sie es uns, bitte. Wir sind sehr daran interessiert!

Die Menschen sind richtig versessen darauf, enttäuscht zu werden. Es ist alles aufgeweicht und wird nicht mehr kontrolliert. Was wird aber aus denen, die das nicht wollen?

Wieso nur die Hälfte, warum nicht alles? Sollte man oder müsste man? Was spricht dagegen? Jeder Tag ist ein großer Tag, nur wird er klein gemacht von dir. Die Kleinen werden nicht größer. Der Abend ist weiter vom Morgen entfernt, als du denkst.

Wer es nicht kennt, fragt nicht danach. Wer es kennt, spricht nicht darüber. Das Licht ist einmal schwächer, dann wieder stärker. Eine Konstante gibt es nicht. Nur im Keyboard des Alleinunterhalters, dem wir ausgeliefert sind heute Nacht.

Woher das Meer kommt, weißt du nicht. Die Zeitungsberichte werden manipuliert, helfen dir nicht weiter. Du musst deine eigenen Erfahrungen machen. Geschichten aus zweiter Hand bringen dir nichts.

Solange du an dein Schicksal glaubst, bleibst du ein Gefangener. Der Manager sagt: Ich würde das nicht tun! Und will genau das tun, was du tust. Du musst weitergehen als die andern, sonst kommst du zu nichts. Außer dir reicht das, was du hast.

Die andern sind in der Überzahl. Nur bedeutet Überzahl nicht gleich, dass sie besser sind. Mehrheit siegt, ist eine Ausrede, hat mit der Wirklichkeit nichts zu tun. Wohin mit deiner Unordnung im Kopf, wenn es keinen Anhaltspunkt mehr gibt? Nichts mehr, an das du dich halten kannst?

Er lässt sich betrügen, damit niemand seine Meinung erfährt. Denn würden man sie erfahren, wäre er nicht mehr hier. Während er seine Eitelkeit und Arroganz vor uns versteckt, erscheint er besser und größer.

Er sagte: Ich bin alles. Der Himmel, der sich über dir wölbt. Das unergründliche

Meer. Der Stern neben dem Mond. Die Wolken, die Sonne. Ich bin das Gute, das Schlechte. Der Sinn und der Unsinn. Tag und Nacht. Das Große und Kleine. Und doch erkennst du mich nicht.

Du hast Angst vor morgen, sagst es aber nicht. Du hast Angst vor mir, benimmst dich aber so, als würdest du mich verstehen. Du bist immer bei dir, nie bei den andern. Sind deine Freunde noch Freunde, wenn sie unfreundlich sind? Kannst du verzeihen?

Du bist in mir gefangen. Ich sehe dich nicht und kenne dich nicht. Aber du sagst: Werde glücklich mit mir! Das Glück gibt es nicht. In der Liebe erst recht nicht, weil sie mit Erwartungen verbunden ist. Es wäre wichtiger an etwas anderes zu denken. An die Vollendung des Tages zum Beispiel. Glück, wie du es siehst, gibt es nicht.

Es gibt so viele Tote, die noch immer am Leben sind. Keine durchzechten Nächte, kein Aufbegehren, kein Rausch! Haben sie das große Elend mit einem Atemzug schon beendet?

Wer hat dich geprägt? Wer war wichtig in deinem Leben? Belüge dich nicht, mach Inventur, bevor es zu spät ist. Glaube nicht, es könne dir schaden, wenn du die Wahrheit sagst. Warst du wichtig? Ein unerwartetes Ereignis? Ein Zufall, der dich hierher gebracht hat?

Vielleicht gehe ich in die Kirche. Vielleicht gehe ich aber auch an ihr vorbei. Weil ich glaube, darin wohnt einer, der immer etwas anderes sagt, als er glaubt. Der sich in Szene setzt, dadurch noch unglaubwürdiger erscheint, als er ist. Vielleicht gehe ich in die Kirche. Vielleicht gehe ich an ihr vorbei. Vielleicht gehe ich aber ganz woanders hin.

Sie machen dich schlecht, nennen dich alles Mögliche. Aber was sie auch machen, sie schaden dir nicht. Sie sind kein Problem, solange du sie nicht als etwas Schlechtes siehst. Nur wäre das so leicht, gäbe es nichts Schlechtes mehr auf der Welt.

Wollen Sie es wissen? Sind Sie daran interessiert, was ich davon halte? Sie haben über mich hinweg entschieden, mich vor vollendete Tatsachen gestellt. Ich hatte keine Chance. Was Sie mich jetzt fragen, ist schlimmer als das, was Sie mir angetan haben.

Irgendwann ist es zu Ende. Irgendwann hört es auf. Irgendwann kann sich keiner mehr daran erinnern. Irgendwann ist es vorbei. Warum machst du es dann? Wozu? Und für wen? Wenn ich es wüsste, würde ich es dir sagen. Es stimmt alles, auch wenn du es nicht glaubst.

Ich muss nicht alles gesehen haben von der Welt. Ich will gar nicht alles wissen, es reicht schon, dass es dich gibt, dass du hier wohnst und nicht woanders. Ich bin für mich selbst verantwortlich und wenn ich mir die richtige Antwort gebe, sind alle zufrieden mit mir. Dann gibt es auch kein Problem. Ich muss nicht wissen, wie viel Einwohner Afrika hat oder seit wann es Menschen gibt. Ich muss nicht alles wissen. Auch nicht, wie alt du wirklich bist.

Wer sich in Gefahr begibt, hat sie meistens nicht gesucht. Wenn man darüber nachdenkt, ist es schon zu spät. Man überlegt fieberhaft, wie man wieder rauskommen kann. Du allein würdest es nicht schaffen, auch nicht mehr wissen, wie du reingekommen bist. Wer viel zu sagen hat, sagt es, achtet nicht auf andere. Vielleicht wollte er dir nur sagen, dass er müde ist, nichts mehr sehen will, am liebsten schon zuhause wäre. Und fährt in die falsche Richtung.

Hochmut, Schuld und Gewissensbisse. Stimmt die Reihenfolge oder ist es umgekehrt? Am besten wäre es, wenn man fließend weitermachen könnte, keine Erlösung benötigte dafür. Das hätte ich vorher nicht geglaubt, heißt es dann. Man will nicht darüber reden, nichts mehr wissen davon. Heute nicht. Und morgen nicht.

Die Meinung der anderen. Deine Größe, die durch ihre Betrachtungsweise wächst oder schwindet. Wasser kannst du nicht in Händen halten. Es läuft dir davon, kann dich nicht trösten, vielleicht kühlen für einen Moment. Schlussendlich musst du zufrieden sein mit dir.

Kommst du dir besser vor oder schlechter als die anderen? Woran misst du deine Größe? Glaubst du, dass es etwas gibt, das uns lenkt? Brauchst du eine Bestätigung für das, was du tust? Oder bist du ganz sicher, dass es richtig ist?

Was weißt du von der Vergangenheit? Hast du Ahnenforschung betrieben? Weißt du, woher du kommst? Was waren das für Menschen? Warum sind die einen Bauern und die anderen Knechte? Weißt du etwas Genaueres darüber? Ist es dir wichtig? Musst du es wissen, nur damit du es anderen erzählen kannst? Musst du es erzählen? Kommst du dir unwissend vor, wenn du gefragt wirst und nicht antworten kannst? Gäbe es eine klare Antwort darauf?

Er fängt etwas an und hat eine Entschuldigung parat. Es könnte ja jemand fragen, wieso er das macht. Er will gefallen, also liebt er sich nicht. Ist er zufrieden, sagt er, eigentlich sei er unzufrieden. Er zittert, wenn er an den Tod denkt. Er hat Angst vor sich. Vor den Kindern. Vor alten Leuten. Man könnte meinen, er sei nicht von dieser Welt.

Die Verzweiflung kann durchbrechen mit einem Schlag. Aber wer sie ausgelöst hat, weißt du nicht. Die Gedanken haben ihn ausgelöst, heißt es, die eigene Unsicherheit. Du machst nichts aus deiner Einsamkeit, deinem Alleinsein. Weil du zu beschäftigt bist.

Er wünscht sich die Tage länger, die Nächte kürzer als sie sind. Er will nicht mehr um etwas bitten, er will es sich nehmen. Aber er kann es nicht ändern. Seine Wünsche sind zu weit entfernt. Es sollte sich alles von alleine ergeben, das wünschte er sich. Sodass er keine Wünsche mehr hätte.

Vielleicht ist es doch anders, hat mit ihm nichts zu tun. Das jeden Tag neue Perspektiven bringende Leben. Allein oder zu zweit, er weiß nicht, wie es weitergeht. Sehnt trotzdem nichts herbei, braucht niemanden, hat keine Wunschvorstellung, weiß auch nicht, was er suchen soll. Ist er zufrieden? Will er nicht mehr?

Sand in den Haaren. Sand in den Schuhen. Es ist nicht zu spät, auch wenn du denkst, es sei noch zu früh. Es ist dir so eingetrichtert worden, lieber zur rechten Zeit als zu spät. Das wird dir jetzt zum Vorwurf gemacht, auch wenn du weißt, dass sie wieder zu spät kommen werden. Die Schlaumeier nehmen nämlich nur Rücksicht auf sich. Du aber willst nichts weiter, als rechtzeitig am vereinbarten Platz erscheinen.

Wenn du die Sterne am Himmel siehst, wirst du noch kleiner, als du bist. Wünschst dir gesunde Augen, um sie weiterhin sehen zu können. Vor allem, wenn es dir schlecht geht, du die Ungerechtigkeiten nicht mehr ertragen kannst, den Wahnsinn, der Tag und Nacht um dich herum geschieht.

Das Hotel liegt auf einem Hügel. Zimmer mit Blick aufs Meer, das müde daliegt am Morgen, manchmal erst am Nachmittag erwacht. Es gibt Leute, die fahren jedes Jahr wieder hierher, freuen sich schon im Voraus auf die unberührte Natur. Nur wenn sie den richtigen Zeitpunkt versäumen, ist nichts mehr zu sehen von all dem Zauber, selbst wenn sie noch so viel schwärmen davon.

Der Strand gehört allen, nicht einem Hotel, einer Firma. Die Sonne ist nicht käuflich, auch nicht der Wind. Das Meer macht seit ewigen Zeiten, was es will. Die Schatten werden länger, haben mit deiner Größe nichts zu tun. Die Sonne geht unter. Der Mond badet allein im Meer.

Er sagte: Ich liebe die Frau, aber sie liebt mich nicht. Genauso wie mich Frauen geliebt haben, die ich nicht liebte. Wahrscheinlich weiß ich nicht, was Liebe ist. Das Versprechen und der Wahnsinn, der sich dahinter verbirgt. Liebe heißt nicht allein Treue, Begehren oder sich alles gefallen lassen. Liebe ist niemals nur das eine oder das andere. Sie bringt alles durcheinander, wenn sie dich trifft. Macht einen Idioten aus dir, falls du nicht vorher schon einer warst. Ich weiß nicht, was Liebe ist. Ich weiß nur, dass ich sie liebe.

Du überschätzt die Menschen, die dir viel bedeuten. Vor allem Künstler, von denen du nur die Werke kennst. Sie können dir einen Schock versetzen, deine Ansichten ins Schwanken bringen. Allein weil sie dich ansprechen in ihren Werken, denkst du, sie würden auch im Leben so sein.

Wenn du dich nicht öffnest, was willst du dann auf der Welt? Was erwartest du von anderen Menschen? Lügen, die uns nur auseinanderbringen, statt zusammenzuführen? Offenheit? Wozu die Maskerade, wenn du dir am Ende eingestehen musst, dich nicht geöffnet zu haben?

Du bist nicht von hier, auch ich nicht. Du erwartest viel. Ich auch. Ich versuche mich nicht zu verstellen, du auch nicht. Jetzt kommt er ins Spiel. Er stellt sich dazwischen, aber das kümmert mich nicht. Er sucht meine Augen, geht einen Schritt zu weit. Er will wissen, wer ich bin. Aber schon ist er verschwunden. Tatsächlich ist er weg, obwohl ich mich vorher nicht anders verhalten habe als jetzt.

Wenn du allein bist, erschrickst du schneller als in einer Gruppe. Allein bist du mehr der Beobachter, erkundest die Umgebung. Tatsächlich erschrickst du, wenn plötzlich ein Kind vor dir steht, dir einen Ball hinhält und dein Schrecken zur Freude wird.

Den Wahnsinn beschreiben, der dich umgibt. Die versteckten Scheußlichkeiten, bei denen es nur um Macht geht, um Autorität, um noch mehr Geld. Die Machenschaften, die dich um den Verstand bringen. Ein paar Vollidioten, die als Sensation angekündigt werden, um die Hotelgäste zu unterhalten, die aber auch nur klatschen, weil heute ihr letzter Abend ist.

Einmal im Leben möchte ich glücklich sein. Einmal im Leben möchte ich jemanden haben, der mich braucht. Einmal im Leben möchte ich den engherzigen Leuten ins Gesicht schauen können. Einmal im Leben möchte ich einen Freudenschrei loslassen.

Sich nicht mehr ärgern, alles ohne Freude über sich ergehen lassen. Keine Liebe mehr, kein Aufbegehren, keine Ablehnung. Nichts Schönes und auch nichts Hässliches mehr.

Wer stellt sich dir in den Weg? Wer hat es versucht? Was ist es, das dich nicht weiterbringt? Wer ist es, der dir alles Mögliche wünscht, nur nichts Gutes? Die Lieder, die du gesungen hast. Kein anderer hat sie schöner gesungen als du!

Alles niederreißen, was dir im Weg steht. Die Wahrheit sagen, die du nie gesagt hast. Die scheinheiligen Brüder bloßstellen mitsamt ihren unterwürfigen Helfern. Alle diese Verhinderer auslöschen mit einem Wort!

Wenn du etwas Außerordentliches suchst. Etwas, worüber sich andere aufregen. Zum Beispiel die Art und Weise, wie du ein Buch öffnest und wieder schließt. Oder mit dem Finger über die Zeilen fährst, ein gewisses Wort suchst, eine Geschichte. Eine Person oder mehrere Personen, die Erinnerung an ein Musikstück, das du gerne hören willst, bist du hier willkommen!

Er sagte: Wenn du erst einmal weißt, was es für Schweinereien gibt auf der Welt, wird dir das Lachen schon vergehen. Weil es nichts mehr gibt, was uns erfreuen könnte. Keine Liebe mehr, keine Freude, kein Gedanke, der vorher nicht umgedreht worden wäre.

Die Verlockung ist groß. Die Möglichkeit vorhanden, das Unmögliche zu tun. Allein oder zu zweit. Dass du dich verlieren könntest in der Welt, die es nicht mehr gibt, die aber auf dich wartet, völlig kostenlos und unverbindlich. Keine Tränen mehr, keine Verzweiflung, nichts, was dich abhalten könnte von deinen Träumen. Was du noch nie gemacht hast, aber jetzt machen könntest. Was wäre das?

Schlachtrufe auf dem Fußballplatz. Stierkämpfe, die mit Kämpfen nichts zu tun haben. Berichte im Fernsehen und im Internet. Das große Abschlachten, das es früher schon gab, du aber erst jetzt begriffen hast. Was ist es, das dich erschüttert. Die vermeintliche Lüge oder die Wahrheit?

Der Mann glaubt, er besitzt die Frau, aber es ist nicht so, wie er denkt. Er will es sich nicht eingestehen. Er fühlt es, hat aber keinen Gedanken dafür übrig. So geht er an der Frau vorbei.

Was langweilt dich? Was bringt dich weiter? Wer möchtest du sein und wer lieber nicht? Wer hat dich gelehrt anständig zu sein, wenn es besser gewesen wäre, anstößig zu sein? Warum? Wer ist dir der liebste Mensch auf der Welt? Gibt es so einen Menschen? Hast du jemals an ihn gedacht? Wenn es dir schlecht ging oder erst jetzt? Was wünscht du dir von ganzem Herzen? Weißt du es oder musst du erst nachdenken?

Die Mädchen provozieren ihn unter der Dusche, haben dünne Seidenhöschen an, betatschen sich, blicken lüstern zu ihm hinüber, fassen sich in den Schritt. Der junge Kaplan versucht nicht an die Mädchen mit den dünnen Seidenhöschen zu denken. Er dreht sich auf die andere Seite.

Wenn du am Morgen aufwachst, wachst du

dann am Morgen auf? Wenn du am Morgen ins Badezimmer gehst, gehst du dann am Morgen ins Badezimmer? Wenn du am Morgen einen Spaziergang machst, machst du dann am Morgen einen Spaziergang? Wenn du am Morgen mit dem Auto fährst, fährst du dann am Morgen mit dem Auto? Wenn du am Morgen den Sonnenschirm aufspannst, spannst du dann am Morgen den Sonnenschirm auf? Wenn du am Morgen ins Meer gehst, gehst du dann am Morgen ins Meer? Wenn du am Morgen ein Lied singst, singst du dann am Morgen ein Lied?

Warum sorgst du dich um andere? Wäre es nicht gescheiter, du würdest deine Berufung ändern?

Der Glaube und der Zweifel. Die Sache und der Gedanke. Der Fluss und der Felsen. Das Licht und der Schatten. Alles ist nichts. Nichts ist alles. Die Bewegung der Punkt. Der immer wiederkehrende Gedanke.

Die kranke Frau. Das kranke Kind. Der kranke Himmel. Die kranke Möwe. Der kranke Strand. Das kranke Hotel. Der kranke Kellner. Der kranke Chef. Die kranke Zeitung. Der kranke Nachrichtensprecher. Der kranke Strandläufer. Der kranke Wind. Der kranke Gedanke.

Sie wollte ihn testen und ging ins Meer. Aber er interessierte sich nicht mehr für sie.

Du willst niemandem weh tun. Du willst niemanden verletzen. Du machst alles hintenherum und glaubst, keiner würde es merken. Was willst du noch unter den Menschen, wenn du dich nicht einlässt auf sie? Was erwartest du? Warum sagst du nichts? Bist du allein auf der Welt? Warum vertreibst du den Hund nicht, wenn er dich stört bei deiner Überlegung?

Das glitzernde Meer. Das rauschende Meer. Das ruhige Meer. Das wütende Meer. Das überschäumende Meer. Das blaue Meer. Das Meer der Fische. Das Meer der Taucher. Das Meer der Piraten. Das Meer am Morgen. Das Meer am Mittag. Das Meer am Abend. Das Meer in der

Nacht. Du glaubst alles zu wissen über das Meer, aber du hast nur das Wort dafür. Du weißt nichts vom Meer. Auch nichts von der Liebe. Nichts von der Wissenschaft. Nichts vom Meer.

Was machst du unter dem fremden Sonnenschirm? Was machst du dort allein? Weißt du nicht, wohin du gehörst? Hast du kein Zuhause? Der Wind weht dort nicht so stark, sagst du. Das Wasser ist klarer und die Menschen sind freundlicher als hier. Der Sonnenschirm interessiert mich sehr!

Die andern kommen auf ihn zu, weil er nichts tut. Er macht sich nicht wichtig, weil er nichts tut. Er spielt nicht den Besseren, weil er nichts tut. Er will nicht gefallen, weil er nichts tut. Er will nichts von den andern, weil er nichts tut. Er ist so, weil er nichts tut.

Ein paar Männer stehen im Kreis, unterhalten sich, hören nicht mehr, was um sie herum geschieht. Ein Schiff ankert am Strand. Es geht niemand von Bord. Er hört, wie die Männer streiten. Er geht zur Anlegestelle, bleibt dort stehen, als würde jemand warten auf ihn.

Ich glaube, ich wiederhole mich. Alle wiederholen sich, sind nicht besser als die andern. Man hat uns eingeschüchtert, entweder du schaffst es oder du schaffst es nicht. Wenn nicht, musst du die Klasse wiederholen!

Jeder hat seine Arbeit. Jeder müht sich ab. Jeder hat Ideen, die er nicht verwirklichen kann, weil ihn die anderen hindern daran. Keiner ist besser als der andere. Du bist verantwortlich für dich und die Kinder, auch wenn es nicht deine Kinder sind. Jeder hat einen Plan, an den er sich halten sollte. Nur tun es die meisten nicht.

Er bekommt Nachhilfestunden auf der Hotelterrasse. Er schreibt und müht sich ab, daneben steht seine Lehrerin mit der neuesten Erfindung der Digitalindustrie, die hier erprobt wird. Es ist teuer, kostet Zeit und Geduld. Was herauskommt dabei, weiß man nicht.

Sie waren nass wie zwei junge Katzen, hielten sich bei der Hand. Sie schauten schweigend hinaus aufs Meer. Manchmal berührten sich ihre Schultern. Schließlich setzte sie sich in den Sand, verdeckte dabei ihren eigenen Schatten. Er setzte sich gegenüber, reichte ihr das Handtuch. Sie trocknete sich die Haare. Ein lauer Wind kam von den Bergen, brachte eine kleine weiße Wolke mit. Beide fingen zu lachen an. Es war ein schöner warmer Sommertag am Meer. Und hatte noch nichts zu bedeuten.

Sie hat einen Komplex. Was ist ein Komplex? Zum Beispiel die Bezeichnung für eine Person, die sich ständig einredet, weniger zu sein als die anderen. Die sich unentwegt in Frage stellt. Auch wenn der Freund sagt: Du siehst gut aus! Glaubt sie ihm nicht. Sie kommt nicht runter von ihrem Gewicht. Weil sie unzufrieden ist. Bis er sie in ihrem Glauben bestätigt.

Zwei junge Leute gehen am Strand entlang, treffen dabei auf eine Rollstuhlfahrerin, die von einem Pfleger geschoben wird. Die jungen Leute überholen, schauen dabei im mer geradeaus, während der Pfleger den Rollstuhl anhält, die Frau aus dem Rollstuhl hebt und sich mit ihr an den Strand legt.

Es gibt immer noch einen Ort, wo man noch nicht war. Es gibt immer noch etwas, wo man noch nicht gewesen ist. Es gibt immer noch die Zukunft. Es gibt immer noch die Vergangenheit. Es gibt immer noch jemanden, den man nicht kennt.

Zwei alte Männer allein am Meer. Einer mit Vollbart, der andere mit Glatze. Der Bärtige erzählt eine Geschichte. Der Barköpfige hört zu. In Wirklichkeit verhält es sich aber anders. Zwei alte Männer allein am Strand klappen schweigend ihre defekten Liegestühle zusammen. Während vor ihnen die Sonne langsam im Meer versinkt.

Italien
Sommer 2019

ADELHARD WINZER
LÜGENGESCHICHTEN
2018. 132 SEITEN
BOD – BOOKS ON DEMAND,
NORDERSTEDT
ISBN 9783752862102

Der Mond hat sieben Türen, sprach das Kind.
Ich lebe nicht hinter dem Mond, erwiderte
der Mann. Du hast keine Ahnung, meinte
das Kind, wenn der erst mal seine Hintertüre
aufmacht, beginnen die Menschen zu wackeln.
Von wegen wackeln, sagte der Mann. Ja,
wenn der Mond wirklich wollte, könnte
er die ganze Welt überschwemmen,
aber er hat Mitleid mit uns, vor allem
mit den alten Leuten. Ich bin nicht alt,
entgegnete der Mann. Für ganz Alte, sagte
das Kind, macht er die Vordertüre auf,
dort können sie hineingehen! Und das
Kind verschwand wie es gekommen war.
Blödsinn, dachte der alte Mann, drehte sich
auf die andere Seite, und konnte doch nicht
einschlafen. Seine Gedanken begannen
um den Mond zu kreisen, um die Erde,
um alte Leute. Schließlich träumte er,
durch eine große weite Türe zu gehen.
Alle Menschen machten ihm Platz,
verbeugten sich und riefen:
Wo warst du denn die ganze Zeit!

ADELHARD WINZER
STOCKHOLM BLUES
KURZPROSA. 2018. 92 SEITEN
BOD – BOOKS ON DEMAND, NORDERSTEDT
ISBN 9783752839814

Seit ich denken kann, will ich nach Stockholm.
Kennen Sie Stockholm? Ich war noch nie dort.
Es ist schön, wo ich wohne, ich vermisse nichts.
Also, sagen meine Freunde, was willst du
in Stockholm? Ich weiß nicht. Nachts erwache
ich aus meinem Traum, drehe mich auf
die andere Seite und denke, morgen gehe ich
nach Stockholm. Stets kommt etwas
dazwischen. Ich gehe zur Arbeit, ärgere mich,
gehe wieder nach Hause – schon ist der Tag
vorbei. Wie schön wäre es jetzt in Stockholm,
denke ich, warum bist du nicht nach Stockholm
gegangen! Ich war in Trinidad, ich war in
New York, aber was ist das im Vergleich
zu meinem Traum. Meine Freunde sagen,
geh in dich, vergiss dieses Stockholm,
es bringt dich noch um! Aber in Gedanken
bin ich in Stockholm. Ich weiß nicht warum.
Um was Neues beginnen zu können,
muss ich nach Stockholm. Kennen Sie
Stockholm? Waren Sie schon dort?
Heute wäre ein guter Tag,
um nach Stockholm zu gehen!

ADELHARD WINZER
DIE SPRACHGRENZE
GESCHICHTEN. 2018. 184 SEITEN
BoD – BOOKS ON DEMAND, NORDERSTEDT
ISBN 9783746087429

In mehr als hundert ineinandergreifenden Geschichten (die längste hat elf Seiten, die kürzeste vier Zeilen) wird anhand der Parabel, der Groteske, der Fabel und der Übertreibung von Personen und Ereignissen berichtet, denen allen gemeinsam die Thematik „In der Fremde" zugrunde liegt. Skizzenhaft, lakonisch, phantastisch überhöht, bis an die Grenzen der Erzählbarkeit.

„Ihre Texte haben lange auf meinem Schreibtisch gelegen und ich habe immer mal wieder hineingeschaut. Der Titel ‚Sprachgrenze' ist total richtig gewählt. Alle Texte machen vor etwas Halt – eine Wand? Ein Absturz? Ein Paradies? Das wirkliche Leben? (was immer das ist). Man wartet auf einen Durchbruch, aber er kommt nicht. Sehnsuchtstexte! Sehnsucht sehnt sich nach Erlösung. Aber was könnte das sein? Gott? Die Liebe? Die Tat?"
Ruth Rehmann in einem Brief
an Adelhard Winzer

„Deine Geschichten sind klasse, sie ziehen den Leser in den Bann, sind erschreckend ehrlich und hart, sprachlich fein gesponnen."
Thomas Felber, Buchhandlung Lentner, München

„Ich finde Ihr Werk rundherum gelungen."
Wolfgang Weinkauf

ADELHARD WINZER
ANDREAS. REPRINT. 2019. 80 SEITEN
BOD – BOOKS ON DEMAND, NORDERSTEDT
ISBN 9783749436804

„Dieses Buch wendet sich Problemen zu, wie
Jugendliche sie in unserer Gegenwart haben können:
der Zweifel am sogenannten Fortschritt, mangelnde
Verbundenheit mit der Natur, Missverstehen der
Erwachsenen im Hinblick auf jugendliches
Verhalten. Das Buch wird gewiß einen Teil von
älteren Kindern und Jugendlichen in
weiterführenden Schulen gut ansprechen.“
Prof. Doktor Anton Reinartz,
VJA Nordrheinwestfalen

„Ein wichtiges Buch, insbesondere für Erwachsene,
denn hier können sie etwas erfahren über die Kluft,
die sie zwischen sich und den Kindern aufgebaut
haben und die Unkindlichkeit unserer Welt.“
Klaus Friedrich, München

„In dem schmalen Büchlein steht Bedeutsames.“
Reichenhaller Tagblatt

„Begegnung mit einem außergewöhnlichen Jungen.“
Stuttgarter Nachrichten

„In einem langen Brief schreibt sich Andreas
all das vom Herzen, was ihn freut, aber auch was ihn
bedrückt, was ihm an den Erwachsenen nicht gefällt,
die schuld daran sind, dass Landschaften
zu Betonwüsten werden, die sich immer
streiten müssen, die Kriege führen ...“
Katholischer Kirchenanzeiger

„Das Buch habe ich bekommen und gelesen.
Es gefiel mir. Talentierter Mann!“
Stephan Sulke

ADELHARD WINZER
KRETHI UND PLETHI
DAS KORKENSPIEL
ZWEI STÜCKE. 2019. 124 SEITEN
BOD – BOOKS ON DEMAND, NORDERSTEDT
ISBN 9783750414716
AUFFÜHRUNGSRECHTE:
CANTUS THEATERVERLAG, ESCHACH

KRETHI UND PLETHI
DRAMOLETT

Ein Stück, das die Sprache zum Mittelpunkt hat.
Befangenheit und Vorurteile der Menschen.
Keine zwingende Handlung. LAYLA
(schwarzhaarig) und SABRINA (blond),
einheitlich gekleidet,
sitzen Rücken an Rücken auf einer Bank,
reden über eine fremde Person, stehen auf,
gehen im Kreis, deuten mit den Händen,
vermeiden es, sich dabei anzuschauen.
Ort des Geschehens: Ein Kirchenplatz.
Bühnenlicht, das, während sie sprechen,
allmählich schwächer wird und den Schatten
des Kirchturms näher bringt. Bewegungen
und Gesten sollen nicht übertrieben wirken.
Freier Redefluss. Dazwischen kurze und längere
Pausen. Keine strenge Regieanweisung,
die Inszenierung liegt in der Hand des Regisseurs.
LAYLA und SABRINA telefonieren in den Pausen:
nehmen Anrufe entgegen, die sie mit JA oder NEIN
oder SOWIESO beantworten, oder sie schreiben
SMS auf ihren Handys, murmeln Unverständliches
dabei, schminken sich oder blättern in Illustrierten,
gähnen, schauen neugierig um sich, manchmal auch
verängstigt. Beide treten sehr selbstsicher auf –
aber nicht überheblich.

ADELHARD WINZER
KRETHI UND PLETHI
DAS KORKENSPIEL
ZWEI STÜCKE
2019. 124 SEITEN
BOD – BOOKS ON DEMAND,
NORDERSTEDT
ISBN 9783750414716
AUFFÜHRUNGSRECHTE:
CANTUS THEATERVERLAG, ESCHACH

DAS KORKENSPIEL
DRAMA
*EIN LEBEN IST IMMER ZU KURZ
FÜR EIN GANZES LEBEN*

Alf und Bianca haben ihre Stadtwohnung
aufgegeben und versuchen in einem
abgelegenen Bauernhof auf dem Land sesshaft
zu werden. Eines Tages bekommen sie Besuch
von Gitte und Ernst, einem befreundeten Paar
aus der Stadt. Sie machen es sich bei Kaffee,
Kuchen und Wein im Garten bequem, erzählen
von ihren Reisen nach Asien, Österreich, Italien,
Mexiko und New York. Während Alf und
Bianca sich gegenseitig die Beweggründe ihres
Neuanfangs zu erklären versuchen, schwärmen
Ernst und Gitte von der ländlichen Umgebung.
Dabei stellt sich heraus, dass Alf und Bianca
von ihrem neuen Nachbarn dominiert werden,
die angebliche Idylle nur täuscht, alle
vier sich im Grunde nichts zu sagen haben.
Ein harmlos erscheinender Nachmittag
auf dem Bauernhof, bei dem es am Abend
zur Katastrophe kommt.

ADELHARD WINZER
DER PENSIONIST
GESCHICHTEN
2019. 156 SEITEN
BOD – BOOKS ON DEMAND,
NORDERSTEDT
ISBN 9783749455041

Aufzeichnungen eines Querdenkers.
Eigenwillig, melancholisch, naiv.
Geschichten, die das Altern
zum Mittelpunkt haben.

Bei schönem Wetter konnte ich
vom Schreibtisch aus die Berge sehen.
Jetzt versperrt mir ein kotzfarbener
Wohnblock den Blick.
Auf dem Grundstück gegenüber
steht eine Trauerweide. Sie
erinnert mich an Wasser, aber
kein Bach weit und breit.
Der Wohnblock hat etwas
Fremdes an sich. Ich denke
an die Trauerweide und sehe
eine Birkenallee. Tatsächlich
steht im Hinterhof eine Birke.
Die kommt erst jetzt zur Geltung.
Wahrscheinlich war das mein erster
Gedanke beim Öffnen der Fenster.
Schnee ist gefallen über Nacht.
Es ist kalt. Der Aufzug fährt. Es ist
fünf nach sieben. Rauch steigt aus
den Kaminen gegenüber.
Der Tag beginnt.

ADELHARD
WINZER
VENEDIG, VON HIER AUS
AUFZEICHNUNGEN
2019. 212 SEITEN
BOD – BOOKS ON DEMAND,
NORDERSTEDT
ISBN 9783749437481

Diese Arbeiten folgen keinem
künstlerischen Konzept,
keiner Gesetzmäßigkeit, keiner
Logik im herkömmlichen Sinn.
Niedergeschrieben in einem Zug,
frei von ablenkenden Gedanken
oder Zugeständnissen an
eine literarische Form
enthält der Band
zweihundert Aufzeichnungen
aus dem Unterbewusstsein.
Allein das Aufhören am Ende
der jeweiligen Notizbuchseite,
um erneut beginnen zu können,
galt als Einschränkung
beim Schreiben dieser Texte.